亦

舒

作

品

亦舒

- 作品 -

35

直至海枯石烂

湖南文艺出版社

直至海枯石烂

目录

直至海枯石烂

壹.

珍惜目前所有的人与事，

时光飞逝，抓紧今日，

得不到的东西不要去想它。

对于家族聚会，我一向没有多大兴趣，通常在农历年前几天，大伯伯会叫伙计逐家打电话命我们参加。

祖父母已经耄耋，不理闲事，大伯伯以长者自居，很喜欢端架子，人到齐了，他便会自豪地自白："庄家上下我读书最少，可是，大家年年在我处聚头，真是给我面子……"

五十多人，四代同堂，人人无异议，只得我一人听得不耐烦，渐渐不愿上门去。

况且，食物又欠佳，摆满一桌子，都是坊间餐厅叫来的自助西菜，腻答答的薯茸沙律、炸冷藏鸡腿、番茄酱意大利面，都藏在锡纸盘子里，随时可以扔进垃圾筒。

我们这一代经济独立已久，闲来对美食已存深刻研究，谁还碰这个，通常饿着肚子等散会去吃别的。

今年，这个大日子又到了。

我同爸妈说："我不想去。"

"去见见祖父母也是好的。"

"真受罪，'庄家上下我读书最少'——"

"这是真的，他自小出来学做生意，所以广生出入口行可以做到今日，朝鲜战争时期他不眠不休，帮祖父挣身家，大家都有得益。"

我微笑，"爸真正友爱。"

妈看老伴一眼，不出声。

我指出真相："爸靠奖学金在英国读了十年书，念的是机械工程，在大学任教三十年，同广生出入口行有什么关系。"

爸却说："你想想，没有大伯伯，我能走得那么容易吗？"

我说："那天我真的有事。"

母亲转过头来看看我，"去年你已经缺席。"

我摊摊手，"亲戚年年见了面都比长短阔窄，认真伧俗，我受不了。"

"到时你自己出现。"

华人亲戚网之复杂，也不要去说它了，祖父庄国枢一共三兄弟，他最小，两位兄长已不在人间，他们的子女，却与我父亲同辈，我叫他们表叔伯或是表姑妈，至于表叔的子女，则是我的表兄弟姐妹。

我爸也是三兄弟，他们的子女，却是我的堂兄弟姐妹，又亲了一层。

与我最谈得来的，本来是三叔的两个女儿思健与思明，最近因工作忙，渐渐也比较生分。

不过，去见见祖父母仍然值得。

母亲叮嘱："切勿穿得黑压压。"

我没有红衣。

红色是小孩以及老妇穿的颜色。不甘寂寞，先声夺人。

这时，母亲忽然问父亲："听说杏友回来了。"

"是，衣锦还乡。"

我好奇心顿生："谁，谁是杏友？"

母亲笑着转过头来，"亏你自诩眼观四面，耳听八方，杏子坞时装你听过没有？"

我耸然动容，"那是纽约近十年冒起来的一个针织牌子，已经名驰国际，老板是华人，姓庄，她的设计从不以东方热作题材来哗众取宠。"

母亲看看我，"说得好。"

"姓庄，她是——"我惊喜万分。

"正是你表姑妈庄杏友。"

"啊，我去，我一定会参加这次聚会。"

父亲摇头，"听听这个口气，还说人家势利。"

"庄杏友的确是个传奇人物。"

"为什么忽然回来？"

"叶落归根。"

"她年纪比你还小。"

父亲答："听说身体不大好，回来休养。"

我赞叹："在纽约成名，可以说是真正成功。"

父亲看着我，"一步步来，我女儿庄自修在本市也是个响当当的名字。"

我听了哈哈哈大笑起来。

工作到过年照例大忙，到了那日，急景残年，西伯利亚又来了一股寒流，令人精神萎靡。

想到可以见到名人庄杏友，我还是抖擞精神，打扮整齐，去到大伯伯家。

不是我迟到，而是他们都早到。

一年不见，庄家添了两名婴儿，胖嘟嘟，握紧小拳头，躺在襁褓里，表情似有点不甘心，看上去更加好玩。

我对生命一向悲观，可是也不得不承认幼婴可爱，免得这个世界沉沦。

我打趣两位堂兄："这么会生，将来哪里还轮到我们分家产。"

二伯伯笑，"自修已是大作家，还同奶娃争身家？"

我拍胸口，"每次听到作家二字，真吓一跳，最好饮酒压惊。"

二伯伯说："家里只有你一人做文艺工作，自修是庄家的另类。"

二伯伯是名公务员，性格平和，我相当喜欢他。

当下我说："你已有六名孙子，多福气，我爸只得我一个。"

那边有人叫："自修来了没有，祖父想见自修。"

我连忙找到书房去。

经过客厅，正好听到大伯伯在那里同孩子们演说："庄家上下我读书最少——"

他不喜欢读书才真，怪得了谁。

不过这些年来，祖父母全赖他照顾，与他同住，也算劳苦功高了。

在走廊里碰见三婶母，织锦棉袄，翡翠耳环，照例雪白的厚粉，看到我微微笑，"哟，大老倌来了。"

我只是赔笑。

除此之外，还能怎么样，到底是长辈，动弹不得。

"思健思明在露台喝茶。"

"待会我去找她们。"

"自修你成为大作家之后也不大来我们家了。"

我唯唯诺诺，垂着手，弯着腰。

三婶母终于放过我，走向客厅。

我走到书房，看见祖父母正在对弈。

我自心里替他们高兴，近九十高龄，仍然耳聪目明，可是又懂得在适当的时候装糊涂，凡事不过问，闲来游山玩水，不知多开心。

"咦，自修来了。"

"自修过来坐下。"

我坐到祖母身边。

她仍然戴着那只碧绿透明的玉镯，我伸手轻轻转动。

"自修从三岁起就说：祖母将来你死了，这漂亮的手镯给我。"

我连忙站起来，汗颜至无地自容，"祖母，我自幼就不长进，真可恨。"

"不要紧，我已写清楚，这玉镯非你莫属。"

我骇笑，"早知还可以要多些。"

祖父笑得咳嗽，"那么多孩子，就是自修会逗我们笑。"

"她早已自立门户，谁也不怕。"

我只得笑，"近几年你们也不摆寿筵了。"

"你大伯伯怕一提醒我们有几岁，我们一惊，就急着要走。"

"是吗？"我诧异，"看不出大伯伯有这般好心思。"

祖父说："一个人打理财务久了，难免俗气。"

我连忙说："我最近也知道经济实惠是种美德。"

祖母笑，"你出去玩吧，兄弟姐妹在等你呢。"

我心里挂住一个人，"杏友姑妈来了没有？"

"谁？"

"我自己去找。"

两老的世界已变得至明澄至简单，他俩只看到对方，并且珍惜每一刻相聚的时间。

穿金戴银的思健迎上来，"自修你在这里。"

她的打扮日趋老气，远看与她母亲相似。

"这是我最后一次来大伯处，这些孩子们鬼哭狼嚎，讨厌到极点。"

我只是暗笑。

"看你的环境，就知道你混得还不赖。"

"思健，你是大家闺秀，说话怎么像某区小流氓。"

"我不想与社会脱节，否则再过几年便成老小姐了。"

如此怨天尤人，实难相处。

"你有见到杏友姑妈吗？"

"谁？"

都好像没听过这个人似的。

我抬起头，看到母亲被大伯母缠住，不知在说什么，连忙过去解围。

"都由我们服侍，一天三餐，上午下午点心，晚上还有消夜，每日不停地吃，光是洗碗就得雇一个人，你们不知道老人有多麻烦。"

我连忙叫："妈，妈，有电话找你。"

大伯母拉住母亲，"你说，将来出入口行判给我们，是否应该？"

母亲连忙松一口气说："自修找我有事。"

我讶异，"为什么不告诉她，我们一早就弃权！"

母亲笑而不答。

"杏友姑妈在什么地方？"

"咦，一晃眼她就不见了。"

客厅燠热，我避到露台去。

山上这种老式大单位就是有这种好处，露台可以放两张麻将桌子。

有人捷足先登。

我只看到她的背影，浅灰色套装，半跟鞋，坐在藤椅上，独自抽烟，那种悠然自得的神情，看了叫人舒服。

不用说，这一定是我要找的人。

我轻轻咳嗽一声。

她抬起头来，一脸友善的微笑。

啊，已届中年，可是比我想象中年轻，眼角细纹经整形医生处理，一小时可以消除，可是她没有那样做，看样子一早决定优雅地老去。

不知怎的，我对她有无比的亲切感，在她对面轻轻坐下，"没有打扰你吧？"

"怎么会。"她按熄香烟。

我忍不住问："你还抽烟，对健康无益。"

她苦笑，"这洪水猛兽暴露了我的年龄身份。"

"我原谅你，你看上去真的很享受的样子。"

她笑，"你是谁？"

"庄竹友的女儿庄自修，你是杏友姑妈吧？"

"啊，你是那个作家。"

"也是一门职业，为什么独惹人揶揄？"

"我没有呀。"

"姑妈，欢迎你回家来。"

"谢谢你。"

"我在外国杂志上时时读到你的消息。"

"我也是呀。"她笑，"听说你的小说被译成日文出版，值得庆幸，销路还行吗？"

"那是一个包装王国，无论是一粒百子或是一团铁，金碧辉煌，煞有介事地宣传搬弄一番，没有推销不出去的。"

杏友姑妈微笑，"你这小孩很有趣。"

我感喟，"不小了，所以渴望功成名就。"

"东洋人可有要求你协助宣传？"

我摇头，"万万不可，一帮宣传，便沦为新人，对不起，我不是新秀，我在本家已薄有文名。"

"这倒也好，省却许多麻烦，收入还算好吗？"

"已经不是金钱的问题。"我笑，"除却经理人与翻译员的费用，所余无钱，还得聘请会计师，缴税，几乎倒贴，可是当东洋文化如此猖獗之际，能够反攻一下，真正痛快，况且，我那经理人说：'自修，说得难听点，万一口味不合，蚀了本，是日本人赔钱，与我们无关。'"

姑妈看着我，"那你是开心了。"

"当然。"

"那真好，难得看到一个快活知足人。"

我忽然吐了真言："回到自己的公寓，面孔也马上拉下来，时时抱头痛哭。"

姑妈十分吃惊，"似你这般少年得志，还需流泪？"

"压力实在太大，写得不好，盼望进步，又无奇迹。"

姑妈笑不可抑，"懂得自嘲，当无大碍。"

我忽然说："姑妈，希望我们可以常常见面。"

"应当不难，你忙吗？"

"我颇擅长安排时间，只恐怕你抽不出工夫。"

"我最闲不过。"她笑，"一年只做十多款衣裳，平日无事。"

"好极了。"

背后有人问："什么好极？"

我连忙叫他："爸，杏友姑妈在这儿。"

"竹友，你女儿很可爱。"

父亲却劣评如潮，"不羁、骄傲，父母休想在她身上得到安慰。"

我只得瞪大双眼。

杏友姑妈笑道"这真像我小时候。"

父亲连忙说:"杏友,怎好同你比。"

她却牵牵嘴角,"记得吗,家父也教书。"

母亲探头出来,"怎么都在这里,找你们呢。"

百忙中我问姑妈要电话号码。

她给我一张小小白色名片。

我双手接过,"我没有这个。"

她笑笑说:"有名气的人不需名片。"

唉呀呀,这下可叫我想找地洞钻。

只见她身段高挑,长发梳一个圆髻,端的十分优雅。

我同思明说:"看到没有,老了就该这样。"

思明诧异地说:"有她那样的身家名气,当然不难办到,又独身,自然潇洒清秀,并非人人可以做得庄杏友。"

我心向往之,走到角落,细看卡片上写些什么。

只是简单地写着:庄杏友,杏子坞时装,以及纽约与本市的电话号码。

大伯伯的长子其聪走过来，笑问："找到偶像了？"

"可不是。"

"最近好吗，听你做了国际作家。"

"八字尚无一撇，别开口就嘲笑我。"

"你看我妈，整日游说他人放弃祖父家当。"

"你放心，我本人早已弃权。"

"果然是好女不论嫁妆衣。"

"家父与我对生意完全不感兴趣，广生出入口行一直由你家打理，你与其锐二人劳苦功高，我无异议。"

其聪感动，"这——"

"说服三婶母恐怕要费点劲。"

其聪但笑不语，神情不甚尊敬。

这时他两个五岁与四岁大的儿子走过来找他，看见了我，缠住不放。

我叹一口气，"姑奶奶不好做，来，小的们，跳到我身上来。"

两只小猢狲闻言大笑大叫，都挂到我肩膀上，我努力表演大力士。

思健摇头，"不知是哪一个国家的大作家。"

思明加一句，"身上那套名贵服饰就这样泡汤。"

"不知是天才还是疯子。"

其锐的儿子们奔过来也要加入，我喊起救命。

这样到散席，已经筋疲力尽。

父亲微笑，"又说不来，来了又这样高兴。"

"既来之则安之你听过没有。"

母亲忽然问："你说自修像不像杏友？"

父亲忽然丢下一句："自修这一代多享福，怎么同我们比。"

母亲颔首，"是，杏友的确吃了很多苦。"

我伸长脖子，"可否把详情告诉我。"

母亲不愿意，"过去的事说来作甚。"

"不要那样贞洁好不好。"我央求，"讲给我听，谁家闲谈不说人非呢。"

"欲做人上人，当然要吃得苦中苦。"

我追问："然后呢？"

父亲说："然后光阴似箭，日月如梭，到了今日。"

　　啐，分明是推搪。

　　回到自己的天地，正如我同杏友姑妈所说，面孔就挂了下来。

　　对人当然要欢笑，这是最基本的社交礼貌，不然还是不出去的好，背着人大可做回自己。

　　杏友姑妈到底有什么故事？我愿闻其详。

　　这时，电话铃响了。

　　"你照例从来不看我给你的电子信件。"

　　我不出声，但忍不住微笑。

　　"真的要这样固执才可以做成功的作家？"

　　"我距离成功还有一万光年。"

　　"这样懂得保护自己，所以在本行生存的好吧。"

　　"你工作也不是不忙，天天打电话来闲聊，真难得。"

　　"我想对旗下作者知道得更多。"

　　我无奈，"真是个怪人。"

　　"庄自修，几时到东京来？"

　　"永不。"

　　他为之气结，继而央求："不做任何宣传，只来一天，让出版社同事看看你的真面貌，工作起来有个目标。"

"不是已经寄了照片给你们？"

"听说你不上照。"

"谁说的？"

他笑，"我也有朋友，我也有耳目，况且，你又不是不出名。不是锲而不舍吗？"

"庞大的长途电话费用是否由出版社负担呢？"

"再问一个问题。"

我温和地问："阿基拉耶玛辜兹，你有完没完？"

"为什么叫自修？是父母希望你专注修炼品格学问吗？"

"不，名字由父亲所取。"

"有什么深奥含意？"

我吟道："各人修来各人福，牛耕田，马吃草。"

他大表讶异，"真的吗？如此宿命论。"

"再见，山口明先生。"

"我明日再打来听你的声音。"

"我会出外旅行。"

"去何处？请留下电话。"

"去加拿大极北地大松林一间木屋静心写作。"我信口胡诌，"亲近大自然，寻找灵感，哪里有电话线路。"

山口问："连无线电话也没有？"

"我想好好写点文字。"

"几时出发？"

"就这几天。"

我挂断电话。

我同自己说：庄自修，这东洋人会不会企图追求？

撇开血海深仇不说，宾主之间当然是客气点的好。

还有，隔着三个小时的飞机航程，如何做朋友，我对非英语国家的文化风俗认识不多，勉强不得。

我没见过山口，山口也没见过庄自修，我给他们的照片，是庄思明的倩影。

对他们越冷淡，他们越是觉得对方矜贵，这是人类的怪毛病。

工作后觉得疲倦，靠在沙发上听音乐，不知不觉睡着，的确不比十多岁之际，那时一个上午写一万多字，下午还可以打网球。

听母亲及阿姨时时嚷倦，怨腰酸背痛，便忍不住骇笑，惊觉四十岁之后仿佛没有人生。

到了中年不漂亮不要紧，被肉体出卖，糟糕到极点。

"是吗？来，大家聊聊天，说说笑。"

谁，谁的声音入梦来。

是我。

是杏友姑妈吗？

电话铃把我叫醒。

"哈，是妈妈，找我什么事？"

"杏友姑妈请你明日去她家午膳。"

"好极了。"

"她住康乐路三号。"

多么平凡的路名，我置房子，从来不选择这种路名，我喜欢招云巷、落阳道、宁静路。

我现在住在映霞道。

"康乐路的小洋房层层向海，附近有间最好的国际学校，可惜杏友无子女。"

我微笑，"那么优秀的人才没有孩子诚属可惜。"

"你呢, 自修?"

"我, 来日方长。"

真无味, 十五六岁便得努力学业为将来的前途铺路, 二十多岁要勤力工作, 突围而出, 三十余便需顾虑退休后的生活, 加倍储蓄, 否则到了中年便会吃苦。

任何时候都不得任性放肆, 如不, 后果自负。

写到七老八十不是问题, 文字精湛, 一般多人阅读, 受到尊重。

最不好就是动辄: "啊哈, 你们这些小辈, 又写错了三个字!"或是"读者水准日益低落, 专爱看今日的粗浅文字。"……

非在这种事发生之前退休不可。

庄杏友的家是什么模样?

赴约之前, 我有点紧张。

我不喜欢跑到人家住宅做客, 各人习惯不一样, 有些人家越坐越冷, 用人到晚上九点还未端出饭菜, 差点饿死客人。

又有些家客厅越坐越热, 像进行蒸气浴, 客人只得忍痛告辞。

　　到了康乐路，看到一片碧蓝的海，已经是意外之喜，根本不介意天气尚冷，都想到海边走一走。女佣打开门，我高兴得说不出话来。

　　原来庄杏友与庄自修同样是简约主义者，换句话说，大家都主张家徒四壁，无谓夸张。

　　乳白墙壁明亮柔和，没有任何装饰字画，一组大沙发一张木茶几，根本不需搞室内装修。

　　我几乎想鼓掌。

　　女佣叫我在会客室等候。

　　杏友姑妈很快出来，她穿一套深蓝色男式唐装衫裤，十分潇洒。

　　我赞道："气色好极了。"

　　"请坐，别客气。"

　　我打量四周围，"真好，连报纸杂志都没有。"

　　她笑，"许多人会嫌简陋。"

　　"各人志趣不同，我却觉得一千件水晶玻璃摆设麻烦。"

　　"自修，你我无异有许多相似之处。"

　　我由衷地说："我真希望及你十分之一。"

"太客气了。"

"告诉我你的秘诀。"我的语气充满盼望。

"我没有秘密。"

"做人处世你一定有心得。"

"你不要见笑，都是愚见。"

我屏息恭听。

"做人凡事要静：静静地来，静静地去，静静努力，静静收获，切忌喧哗。"

"是，是。"我感动得说不出话来，"正应如此。"

"你好像听懂了。"

"我明白，我一直希望做到那样。"

杏友姑妈笑起来，"可是说易做难？"

"失意时要静最难，少不免牢骚抱怨，成功时静更难，人人喜夸口炫耀。"

杏友姑妈微笑，"你爸说你很会做人。"

我承认："我不轻易叫人欺侮，可是我也不占人便宜。"

"你的经济状况如何，告诉我，你拥有什么名贵的资产？"

我笑，"我有一辆平治厂制造的九排档爬山脚踏车。"

杏友姑妈当然知道我说些什么，"哗，你的收入不薄。"

我微笑，"我的生活相当舒适。"

"从事文艺工作就不容易了。"

"世上无论什么职业，都是靠才华换取酬劳，搞清楚这一点，也就懂得尽量争取。"

杏友姑妈看着我，"你不像你爸，你爸是名士。"

"他是标准书生。"

"我爸也是。"

"他做什么工作？"

姑妈的思潮飞出去，回忆道："他是教书先生。"

这么巧，我跳起来，"同我爸一样。"

"差远了。"姑妈叹气，"令尊有英国大学博士文凭，堂堂教授，近日又升做院长，家父从国内毕业，学历当年不获殖民政府承认，不过在一家所谓的书院任教，待遇菲薄，地位低微。"

"可是，看，他的女儿是庄杏友。"

"自修，你真懂得讨好长辈。"

"告诉我关于爱情。"

姑妈骇笑，"你想知道什么？"

"一切，所有宇宙奥秘。"

"我也还在摸索中。"

"是吗，你不是已经御风而行？"

"自修，你把我当神仙。"

"人到中年，是否随心所欲，再无牵绊？"

"笑话。"

"不是吗？"我吃惊，"若不长智慧，光长岁数，怎么对得起自己？"

她靠到椅背上，"中年人也有憧憬。"

"是什么？"我大大纳罕。

"我还在等待事业上的另一次大突破，还有……"她停一停，"看到英俊的男人，我照样目不转睛。"

我大笑冲口而出："我也是！"

姑妈摊摊手，"看，与你们一般幼稚。"

"是这种欲望使我们维持青春吧。"

"我想是，渴望不止，人亦不死。"

我乐不可支，从未曾与一个人谈得这样高兴过。

"你们执笔为生的人，听得最多的，大抵有两个问题。"

"啊？"

"一是我有个好故事，希望你可以把它写出来。"

"对对！"我笑，"你怎么知道？"

"二是该件事这里讲这里散，千万不要写出来。"

我绝倒，她说得再好没有。

"我请你来吃饭，也有个目的呢。"

"是什么？"

"你可有兴趣听听我的故事？"

"求之不得。"

"对你们这一代来说，可能十分沉闷。"

"不要紧，我有一支还算灵活的秃笔。"

"那就不是秃笔了。"

我一直笑，"也不算生花妙笔。"

"我在本市度假，约有一个月时间，你得天天来陪我，听我说故事。"

"一定来。"

"每天上午九时到十一时，你可起得了床？"

"放心，九时都日上三竿，我每朝七时起身跑步，风雨不改。"

"好极了。"

我告辞时说："杏友姑妈，我不会辜负你的故事。"

母亲知道了这个计划，惊问："什么？"

父亲在一旁说："写故事，你没听清楚？"

"大事不好。"

"妈妈何故大惊小怪？"

"自修，你不老是说，大厦每一个窗户里都有一个故事，写自家亲戚，会得罪人。"

父亲说："嗯，有道理。"

母亲讲下去，"杏友姑妈的父亲是你嫡亲叔公，怎么可以写到他家头上去？"

"我可以把剧中人名字都换过。"

母亲顿足道："唉，左右不过是一本卖数十元的小书，将来书评人不外是一句'又一个俊男美女的爱情故事'，何苦得罪亲人。"

这一番话伤了我的自尊心。

原来，我的写作事业，在母亲大人眼中，不过是这么一回事。

我没有说什么，转过脸与父亲谈了几句，翻翻他学生的功课，只见他仍然逐字在改博士论文，不禁说："爸，太辛苦了，不如叫他们重写。"

谁知父亲大人笑道："这是人家的心血结晶，你以为是爱情小说？"

我讪讪地告辞。

为什么不发作？早已成年，凡事藏心中好些，何必对父母发脾气。

我们这一行，仿佛武林中的邪教，总坛上祭着八个大字：入我门来，祸福莫怨，还有什么可说。

回到公寓，发觉接待处代我收了一个包裹，拿到客厅拆开一看，顿时呆住。

那是一部卫星电话，附着山口的说明："修，不需电话线也可以通讯，请与手提电脑一起应用，把最新稿件传给我们，明。"

我几乎感动，是"我们"两字出卖了他，山口仍然是为出版社做事。

我把电话放到一旁。

真没猜到杏友姑妈会是一个讲故事的高手。

头三天，我们并没有说到戏内，只是暖身，闲聊，培养感情，等着彼此熟络了再说。

我们谈到孩子的问题上。

"喜欢孩子吗？"

我答："开始喜欢，对于女性来说，那是原野的呼声，不受理性控制的遗传因子发作，心底渴望拥抱幼儿。"

"你还有机会。"

"我同其聪其锐的孩子厮混算了。"

姑妈笑，"看得出你同他们亲厚。"

"我有一女友，气质外貌没说，一日打电话来求救，叫我载她母子到医院看急症，她抱着幼儿，披头散发，面无人色，似难民一般，没声价求医生救治，你知道是什么病？不过是中耳发炎，烧到四十摄氏度，为娘的已经失心疯，这是干什么？自尊荡然无存。"

姑妈恻然。

"况且，也很快就长大，重蹈我们的覆辙，浪费光阴，什么也做不出来。"

姑妈家的食物却极不简约，我爱上了她做的一道意大利菜酿橄榄。

先把油泡橄榄除核，酿进碎鸡肉，放入面粉打滚，过鸡蛋，再沾上面包糠，在滚油内炸至金黄。

这样子吃下去会变胖子。

我们又说到节食。

"需长期压抑。"

我嗤嗤笑，"三餐不继，家徒四壁。"

"原来，努力半生，目标竟如此荒谬。"

"为什么那样怕胖？"

姑妈答："人家问我，我一定说是健康问题，脂肪积聚，百病丛生，实际仍是为着外形，肥胖多难看。"

对小辈这样坦白真不容易。

"最大的忠告是什么？"

"珍惜目前所有的人与事，时光飞逝，抓紧今日，得不到的东西不要去想它。"

就这样，她开始了她的故事。

通常口述，有事走开的话，在录音机留言，让我带回家细听。

我深信每一个人都拥有动人的故事，成功人士的过去更加吸引人。

在这个时候，我才后悔没有练好一支笔。

以下，是庄杏友的故事。

直至海枯石烂

贰·

在任何环境里，运气都非常重要，

你需十分动力，做得十分好，

还有十分幸运。

认识周星祥那一年，庄杏友十九岁，大学二年生。

杏友有一双异常明亮的大眼睛，追求她的男生都说她"像一只彷徨的小鹿似惹人怜爱"，她身段偏瘦，更显得秀丽。

母亲已经去世好几年，她是家中唯一的孩子，好静。

父亲随家人南下，学历不被承认，只得在一间私人学院里任教，待遇不算太好。

他们一向住在中等住宅区的公寓里，地方还算宽敞，可惜到处堆满了庄老师的书，一些有用，大多数无用，但是都不舍得扔掉。

被做生意的亲戚嗤之以鼻，"中文用不着学英文，英文用不着又学法文，庄郁培真正学贯中西，经济学专家偏偏不懂经济。"

父亲一身绉绉的衬衫，绉绉的长裤，说也奇怪，杏友一直负责洗熨父亲的衣服，但无论怎样努力，一上身就稀皱。

可是同事与学生都尊敬庄郁培老师，他与世无争，被人伤害，也从不还击，凡事顺其自然，做好本分，这样一个好好先生做起学术研究来却势如猛虎。

杏友记得，那是一个初夏。

年轻的她已换上短袖短裙。

母亲遗下一架老式缝衣车，杏友喜欢亲手缝制衣服，节省得多，款式又新颖。

她温习完功课，正在裁剪一件外套，电话铃响起来。

"是庄府？"

"是，找哪一位？"

"庄郁培老师是否住清风街十四号地下？"

"正是。"

"我约了庄老师下午二时正，他可是会在家？"

"他若约了你就不会爽约。"

"谢谢你。"电话挂断，并没有留下姓名。

清风街，一个亲戚曾抱怨："怎么住到清风街，已经两袖清风，还要现身说法。"

杏友不禁笑了，这些亲戚嘴巴真毒。

二时左右，有人按铃，杏友没有去开门，父亲自会请客人到书房。

到了三时许，杏友正套上新衣比试，忽然听见父亲大叫："火警，火警！"

杏友立即扑出去跑进书房，发觉书桌旁废纸篓有火舌浓烟冒出，父亲如热锅上的蚂蚁急得团团转。

她立刻镇定地走进厨房，盛了一锅水，走进去淋在废纸篓上，再顺手取过搭在椅子上的外套，盖在已熄的小火上。

一边又连忙安慰父亲："没事没事，一会儿我会收拾。"

庄老师跌坐在椅子上，"已经是第二次了，上次也是烟灰弹到废纸篓引起火头。"

杏友说："你用烟斗真的要小心点。"

有人笑了。

杏友凝住。

这个时候，她才想起：客人。

客人还没有走。

她衣冠不整，全落在客人眼中。

偏偏父亲还在这时候介绍道："杏友，这位是周星祥同学。"

杏友抬起头，只看见一个浓眉大眼的年轻人站在面前，她涨红了脸，结结巴巴。

"你好，我，我还有事……"一溜烟走回房间。

耳朵都烧成透明，一边脸麻辣辣。

看看镜子，身上只有内衣短裤以及一件缝到一半的外套，虽然没有泄露春光，已经失礼到极点。

杏友懊恼得几乎哭出来。

又过半晌，父亲在外边叫，"杏友，周同学告辞了。"

杏友只得扬声道："再见。"

对方也说："再见。"

然后，是开门关门的声音。

杏友知道已经安全，缓缓走出来收拾残局。

却看见书房已经清理妥当，湿地拖干，烧剩的废纸倒掉。

杏友知道这不是父亲做的，庄老师从来不懂收拾。

"是谁那么勤快？"

父亲回答："周同学呀。"

"怎么好叫客人做工人？"

"有什么关系。"他不拘小节，哈哈大笑起来。

杏友看见一件簇新男装外套被烟熏黑，"哎呀，这是他的衣服。"

父亲又重新吸着烟斗，"周同学从美国回来度假，真是个用功的学生。"

"他不在你班上？"

"不，他由人介绍来，他有疑难。"

"是什么解决不了？"

"博士论文题目。"

"咄，他不知道该写些什么吗？这岂非请枪手。"

"不，只不过是帮他拟一个题目而已。"

"他自己有教授，该请教导师才是。"

庄郁培只是笑。

星期六，周星祥又来了。

杏友这次比较留神，她发觉他开一辆铁灰色欧洲跑车，人实在潇洒，做简单的动作如上车下车都那么好看。

不过穿白 T 恤，粗布裤，身段好，就漂亮。

他捧着一大沓文件来按铃。

杏友见父亲立刻开门迎他进来，两人有说有笑，十分投契。

杏友双手抱在胸前，十分纳罕，这人很有办法呀，把庄老师哄得那么高兴。

他们关在书房谈了很久，杏友在厨房做点心。

忽然书房门打开，有人渴望而不置信地问："什么东西那样香？我再也无法专心工作。"

杏友忍不住笑出来。

庄老师代答："是杏友做的牛油面包布了吧。"

杏友盛一大份给他。

那大男孩几乎把鼻子也埋进食物里，狼吞虎咽。

这是对厨子的最佳礼赞。

杏友问："功课进展如何？"

他笑容满面，"庄老师已经帮我选到题目。"

"你的教授会赞同吗？"

周星祥答："我的教授只要在任何发表的文字上自动添上他的名字。"

杏友吓一跳，"这不是侵占版权吗？"

"利用学生心血壮自家声势他们当作应得利润。"

杏友问："爸，这是真的吗？"

她父亲沉吟一下，"是有人会这么做。"

"高等学府都那么黑暗。"

庄老师笑说："杏友你还是专攻家政预备做一个宜室宜家的好主妇吧。"

杏友尴尬地说："父亲从来不看好我的前途。"

"你想做什么呢？"

杏友不回答，笑着把桌子收拾干净。

不一会儿，听见书房里吵起来。

"拿回去！你太看不起我了。"

"不，庄老师，请你笑纳。"

"我帮你不是为着金钱。"

原来如此，杏友想，父亲的老脾气发作了。

"可是——"

"再不听我讲，明天你就不必再来。"

"是，是，老师，你请息怒。"

杏友觉得好笑。

半晌，杏友听见父亲吩咐："送周同学出去。"

杏友看着他出来，伸一伸手，"周同学，请。"

周星祥搔搔头，"差点得罪师傅。"

"他炼金钟罩，铁布衫，是个死硬派。"

周星祥说："庄老师清风亮节。"

咦，说得好，所以住在清风街。

"你可以帮他收下酬劳吗？"

"家父说不收，就是不收。"

虽然家具已经破旧，杏友需亲手缝制衣裳，父女从来不曾外出旅行，家中也无用人，但是，杏友忽然微笑说："人穷志不穷。"

这时，周星祥转过头来看看杏友，他说："庄家不穷，庄家非常富裕。父慈女孝，庄老师满腹学问，庄小姐温婉贤淑。"

杏友睁大双眼，渐渐感动，说不出话来。

周星祥轻轻说："请你吃一杯冰激凌好不好？"

杏友踌躇。

"我代你去问过庄老师。"这也是激将法。

"我可以自己做主。"

"那么，来呀。"

杏友笑了。

两个年轻人满心欢喜，视线总离不开对方脸容。

半晌，杏友觉得太过着迹，轻轻别转头去，才片刻，忍不住凝视周星祥阳光般的笑脸。

她自己都吃惊了，怎么会这样？她还听见自己对他诉说心事。

"我对美术，设计，绘图十分有兴趣。"

周星祥问："你在学堂念什么科目？"

杏友颓然，"商业管理。"

"别气馁，打好底子，以后方便做生意，百行百业，都得先学会推销经营。"

"真的？"

"我骗你做什么。"

杏友诉说："时常梦想坐在薰衣草田里写生，肚子饿了吃奶油拌覆盆子果腹，然后在夕阳中步行回家。"

周星祥看着她微笑，"这个愿望也不难达到。"

"也得是富贵闲人才行。"

周星祥开车到近郊沙滩陪她散步，忽然之间，杏友发觉太阳落山了。

什么，她看看手表，这是怎么一回事，时间不对了，怎么可以过得这样快？

她注意手表上的秒针，发觉它照常移动，没坏，她茫然地抬起头来，诧异地说："已经六点钟了。"

"我送你回家。"

杏友依依不舍。

很明显，周星祥的感觉亦一样，他轻轻地说："我明天再来看你。"

回家途中，杏友一声不响，发生了什么事？她内心一片迷惘。

下了车她鼓起勇气往家门走去，可是忍不住回头，周星祥在暮色中凝视她。

花圆裙，白布鞋，这样清丽脱俗的女孩实在不多见，他为她倾心。

杏友吁出一口气，用钥匙开了门。

父亲在小灯前工作，连客厅的大灯也忘记开。

杏友连忙替他打点晚餐。

"去了什么地方？"

杏友却说："我替你做笋丝肉丝面可好？"

他伸一个懒腰，"好呀。"

黄灯下杏友发现父亲的头发白多于黑头发，苍老许多，不禁恻然。

换衣服的时候摸到口袋里有一只信封，咦，谁放进去的，又是几时放进去？

一张便条上这样写：庄老师，薄酬敬请笑纳，学生周星祥敬上。

另外是一张现金支票，杏友数一数零，是一万块。

那时，她父亲的薪水只得两千多元，这是一笔巨款。

周星祥趁她不觉放进她口袋。

他希望他们收下，并且，大抵也看得出他们需要它。

不过，父亲说过不收就是不收。

杏友把面食端进去给父亲，替他按摩双肩。

门铃响了。

"我去。"

杏友掩上书房门。

来客是房东沈太太。

杏友连忙招呼她进来。

"庄小姐你好。"

杏友斟上茶，静静坐在她对面。

"加房租的事，势不能再拖，已经是便宜给庄老师了，知道他清廉。"沈太太讲得非常婉转，"可是，庄小姐也别叫我们吃亏。"

杏友微微张开嘴，又合拢，不知说些什么好。

"难为你，庄小姐，母亲辞世后你就当家至今。"

不不，她庄杏友不需要这种同情。

她很平静地说："沈太太，拖你良久不好意思，我考虑过，你说的数目也很合理，我们无谓，这清风街住惯了，也不想搬。"

她自口袋取出那张支票，交给沈太太，"我们预缴一年金，你且收下。"

沈太太一看数目，不禁一呆，随即满面笑容。

她喝一口茶，忽然问："听说广生出入口行是你们亲戚的生意？"

杏友笑，"是我伯父庄国枢拥有。"

"怪不得。"

沈太太再三道谢，笑着离去。

杏友轻轻关上门。

老父走出来问："谁？"

杏友看看父亲已白的发角，觉得需要保护他，她坚决地说："找错门，已经打发掉了。"

她接着跑去收拾面碗。

她的卧室向街，打开窗户，可以听见小贩叫卖面食的声音。

母亲在的时候，小小的她也扭着要吃夜宵，非要哄半日，才平静下去，如今母亲墓木已拱。

杏友轻轻叹口气，面孔枕在双臂上，到底年轻，不消片刻，仍然睡着了。

她同周星祥成了好朋友，无话不说。

"叔伯对我们颇为客气，只是父亲死硬派，母亲去世，也不允他人帮忙。"

周星祥忽然问："年幼丧母，一定很难熬吧。"

杏友听了这样体贴的话，泪盈于睫。

"对不起。"

"哭完又哭，最近已经好过些，做梦，有时仍然觉得好像是母亲的手轻轻拂过我的脸颊。"

周星祥恻然。

"在街上看到人家母女依偎地看橱窗或是喁喁细语，说不出的难受与妒忌，可是人生有什么没有什么，大抵一出生已经注定，想到余生都需做无母之人，往往痛哭失声。"

"坚强些。"

"多谢你的鼓励。"

他紧紧握住她的手，忽然轻轻吻了她的手背。

杏友一惊，缩回双手，低下头，耳朵烧得透明。

是在恋爱了吗？一定是。

一时高兴得晕头转向，可是一时又紧张得想呕吐，情绪忽起忽落，但也有极之平和的时刻，觉得幸福，充满盼望。

这时周星祥也别转了面孔，自幼在外国长大的他很会调笑异性，但是对庄杏友，他真舍不得叫她难堪。

半晌杏友问："你的论文进度如何？"

"庄老师正在助我拟大纲。"他讲得很坦白。

"只得一个月时间？"

"或许，我可以留久一点。"

"方便吗？"

"我此刻住在姐姐姐夫家，没有问题。"

"啊。"杏友意外，"你不跟父母？"

"爸妈住在纽约近郊，我家移民已有十多年。"

杏友点点头，那么远，她有点怅惘。

"可喜欢到西方生活？"

杏友据实："从未想过，我不会离开父亲。"

"是，那当然。"

杏友这时也发觉两个人当中有许多阻隔，数道鸿沟。

他给她看家人的近照。

杏友很有发现，"令堂与令姐都是美人。"

一家人衣着非常考究，靠在像电影布景似的大沙发里拍照。

周星祥笑，"一直有星探游说老姐当电影明星，她嫁得很好，受夫家宠爱，不过，我爸老说：替这个女儿办嫁妆，身家不见一半。"

杏友微笑地听。

不久，连父亲都问："你与周星祥约会？"

"是。"

"喜欢他？"

"是。"

"杏友，齐大非偶。"

杏友故意歪曲事实，"他只比我大三岁。"

"周家做航空事业，极其富有。"

"爸，你也管这些？"杏友讪笑。

"为了你呀，杏友。"

"你听谁说的？"

"他的介绍人。"

"谁介绍星祥来你处学艺？"

"我的堂兄你的大伯伯庄国枢，他们有生意往来。"

"还说什么？"

"周星祥在美国有女朋友。"

"啊？"这倒是新闻。

"那位王小姐是台塑继承人，双方家长已经默许两人关系。"

杏友沉默。

"杏友，你明白吗？"

"周星祥同我不过是好朋友。"

"你自己要小心。"

"爸你很少这么婆妈。"

庄老师笑，"这些话，本应由你母亲来说才是。"

妻子去世后，他很少提到她，杏友低下头不出声。

"杏友，我得回学校开会。"

杏友送父亲到门口。

庄老师忽然转头问："房东太太有无来催？"

"有，全数付给她了。"

"家用够吗？"庄老师有点意外。

"在别的事上省一省不就行了。"

"杏友，难为你这么能干。"

杏友微笑。

那天下午，周星祥来探访她。

"我爸出去了，稍后才回来。"

他递上一束小小深紫色勿忘我。

杏友看看他，"你有话说？"

"我想知道，你的感觉是否与我相同。"

不知怎的，杏友内心闪过一丝凄惶，"你的感觉如何？"

他微笑，"我爱上了你。"

杏友也笑，"听上去有点无奈。"

"我是有点彷徨，认识你不久，表明心迹照实说呢，十分冒昧，不讲出来，又怕失去你。"

杏友怔怔地听着，忽然觉得脸颊一阵阴凉，伸手去揩，才知道是眼泪。

为什么要哭？连她自己都惊骇不已，这是好事呀，他说了出来，大家心里都安定。

他俩紧紧拥抱。

周星祥说："我要你收下这个。"

他兴奋地从口袋里取出一只小盒子，打开来，里面是一枚闪耀生辉的钻石戒指。

"看看大小对不对。"

刚好套进左手无名指上。

周星祥把杏友的手贴在脸上，"这双美手属于我了。"

杏友受到震荡，一时间说不出话来，喉头哽咽。

"杏友，我下星期回家去同母亲说明这件事。"

"她会同意吗？"

"一定！你到东部来与我一起读书，毕业后迅速结婚。"周星祥滔滔不绝谈到将来，"你索性转读纯美术，我陪你到欧洲写生。"

杏友笑出来，"那我父亲呢？"

"庄老师届时已退休，同我们一起住，颐养天年。"

他一派热情，说得那样简单、真实，对杏友的耳朵来说，这番话像音乐般动听，他俩的前程一片光明，康庄大道等着他俩携手漫步。

杏友感动得不住颔首，满心欢笑，内心从来没有那样充实过。

"爸一回来我就告诉他。"

"不，应由我求亲。"

杏友笑，"他不知几时才肯离开学校。"

"那么明天才亲口同他说。"

杏友高兴得再三落泪。

两个年轻人紧紧拥抱在一起。

太顺利了？但凡好得不像真的的事，大抵，都不是真的？

庄杏友都没有想到。

年轻就是这点累事，不过，年轻也是这点好。

周星祥自跑车后备厢取出冰桶进屋，开了香槟，斟在杯子里，与杏友碰杯。

他轻轻说："直至海枯石烂。"

就在这个时候，他们听见窗外传来歌声，一把缠绵的女声在唱："直至河水逆流而上，直至年轻人不再梦想，直至该时我爱慕你，你是我存活的理由，我所拥有都愿奉献，希望你亦爱我，直至……"

他俩不约而同探头向窗外张望。

原来街上停着冰激凌小贩的三轮车，他开启了小小收音机，电台正在播这首歌。

庄杏友与周星祥相视而笑。

杏友想，到了八十岁，她都不会忘记这一幕。

周星祥那一晚并没有等到庄老师回家，他在深夜告辞。

杏友累极入睡。

天蒙蒙亮，她忽然觉得不安，惊醒，立刻起床去看父亲，他的卧室却是空的。

杏友立刻看时间，是早上七时正。

她突然浑身冰凉，有不祥兆头，双手颤抖地拨电话到学校找父亲。

校务处电话响了又响，无人接听。

杏友连忙更衣，匆匆出门，预备到学校去看个究竟。

她开门冲出去，一头撞到一个大汉身上。

那人连忙扶住她，杏友无比惊慌，那人穿着警察制服。

他问："你是庄郁培先生的女儿？"

杏友一颗心自胸膛跳出来，"是。"

"请随我来。"

"什么事？"

"庄先生在校员室昏迷一夜，今晨被同事发现，已经送进医院。"

杏友这一惊非同小可，忽然之间，耳朵不再听到声音，只会嗡嗡响，接着，双腿渐渐放软，她缓缓蹲下，终于咚一声跌坐在地。

一边理智还微弱地问：庄杏友你怎么了，快站起来，父亲在医院等着你呢。

可是她挣扎半晌，双腿就是不听话。

她急得满面通红。

幸亏那大个子警察见义勇为，用力一拉，把杏友扶起来。

"不要怕，庄小姐，你父亲已经苏醒。"

杏友双手不住颤抖，她口吃："我、我……"连忙闭上嘴，不敢再说。

警车把她载到医院，她走进病房，看着父亲躺在床上，鼻子手上都搭着管子。

杏友惊上加惊，只见父亲一头蓬松白发，双颊深陷，一夜不见，宛如老了二十岁，她几乎不认得他。

但是忽然之间，她的步伐稳定了，一步一步有力地走近父亲。

她握住父亲的手。

庄郁培睁开眼睛，看到杏友，欢畅地微笑。

"如璧，你怎么来这里，杏友由谁照顾？"

如璧是她母亲的名字，杏友连忙道："是我，爸，是我。"

庄郁培像是没听见，自顾自讲下去："如璧，别担心，我会找到工作，我有信心。"

"爸，爸，是杏友，是我。"

庄郁培微笑，长长吁出一口气。

他闭上双眼，像是筋疲力尽。

杏友整个胸膛像是被掏空一样，她想寻个黑暗的角落缩着躲起来，永远不再面对天日。

此刻她却勇敢地握紧父亲的手不放。

庄郁培犹自轻轻说："我会好好照顾你们母女……"

医生进来，"庄小姐，请过来说几句话。"

杏友只得走过去。

"庄小姐，你父亲的情况十分严重，你得有心理准备。"

杏友唇焦舌燥，未能说话。

"他脑出血，俗称中风。"

杏友张开嘴巴，又再合拢。

医生再也没话可说，杏友静静回到父亲身边。

庄郁培反复地说："如璧，你来了，杏友由谁照顾？"

杏友这才醒觉，也许母亲真的在病房里，她特地来接丈夫同往一个更好的地方。

杏友跪在父亲病床边，"妈妈，你真的在这里吗？"想到父亲终于可以与爱妻团聚，也许不是坏事，他苦苦思念她多年。

"妈妈，我也可以跟着一起来吗？"

没有回音。

这时，忽然有人在她身后叫："杏友。"

她转过头去，看见周星祥站在她面前。

"杏友。"他的声音中充满怜爱,"不要怕,你还有我。"

杏友再也忍不住,号啕大哭起来。

周星祥紧紧抱住她,把她的脸按在胸前,"嘘,嘘,别吓到庄老师。"

杏友不住抽噎。

"我一早到你家,没人应门,急得不得了,找到庄老师学校去,才收到坏消息,我已与医生谈过了,杏友,我会接手,你别害怕。"

庄郁培一直没有完全苏醒。

下午,学生络绎不绝地来探望他,多数只在床边逗留一刻便离去。

杏友这才知道父亲是这样受学生尊重。

第二天,庄国枢太太先来。

看到周星祥,有点意外,颔首招呼。

这位端庄大方的太太努力与病人说了几句话,然后尽力安慰杏友。

"你那房的叔伯可有什么表示?"

杏友冷冷地摇头。

"杏友，我们愿意鼎力帮忙。"

杏友倔强而坚定，"谢谢你，我自己会办妥一切。"

"有需要通知我。"

杏友送她出去。

到了第二天早上，本来已在弥留状态的庄老师忽然伸了一个懒腰，他用低不可闻的声音："哎哟，大梦谁先觉。"

杏友连忙过去叫他，"爸，爸。"

庄老师微微笑，声音像一条丝线般细："如璧，纵使相逢应不识，尘满面，鬓如霜。"

那笑容刹那间凝住，有点诡秘，有点凄惶，杏友立刻知道父亲已不在这个世界上。

她想撕心裂肺地尖叫宣泄心中的悲痛，可是一时间只能呆呆地站着。

周星祥走近，握住她的手。

那天晚上，庄国枢亲自到清风街来表示关切，杏友又一次婉拒了他的好意。

他放下的一张支票，也被杏友稍后寄返。

周星祥的办事能力叫杏友钦佩，他镇静敏捷，从来没有提高过声线，已经十分妥当。

家里继续有庄老师的学生前来慰问。

周星祥一一招呼，他说："我也是庄老师的学生。"

家里热闹了一阵子，整天都有人客陪杏友说话，周星祥唤人送考究的茶水、糕点和糖果，客人坐得舒服，一两个小时不走。

杏友的悲伤得以压抑下去。

这才想起，"星祥，你不是应该回家去了吗？"

他笑笑，"没关系，这里有要紧事，我多陪你一阵子，杏友，我们到欧洲散心可好？"

杏友怔住。

"先到伦敦，再去巴黎，你不必带衣物，我们买全新的。"

对周星祥来说，讲同做一般容易，他立刻替杏友办妥旅游证件，带着她上飞机。

那一个星期，无疑是庄杏友一生中最惬意的几天。

他们住在周家在伦敦摄政公园的公寓内，天天到最好的馆子吃各式各样名菜，杏友一切听他的，他从不叫她失望。

有时一掷千金，有时不花分文，逛遍所有名胜，他们享受露天免费音乐会，可也会到夜总会请全场喝香槟。

自早到晚，两个年轻人的手都紧紧相握，不从松开。

"杏友，快乐吗？"

杏友用力点点头。

去巴黎前夕，周星祥说："来，我同你到一间拍卖行去。"

"啊。"

显然已经预约好，经理立刻出来招呼他，"周先生，有关物件可有带来？"

周星祥十分从容地取出一只普通的棕色纸袋，交给那人。

那人小心翼翼伸手进纸袋，"哎呀"一声低呼。

杏友好奇，只见他手中拿着个小小白色陶瓷瓶子，瓶子外用银网络套住，纠结地镶着许多宝石。

那人似乎惊魂未定，"这是世纪初新艺时代贝基斯的手制品！"

周星祥说："我有一对，求沽。"

经理立刻说："一对，我立即付一万镑现金支票。"

周星祥笑着自另一边口袋里掏出另一只。

经理马上进房去。

杏友轻轻问："是古董吗？"

经理匆匆出来，手中已拿着支票，像是怕周星祥改变主意。

周星祥二话不说，签了字据，拉着杏友便走，笑说："可以去巴黎了。"

杏友有点顾虑地问："你变卖的可是家中之物？"

周星祥答："是我早年的收藏品，买下来等升值，果然有得赚。"

他拉着她到巴黎。

那五光十色的都会叫杏友目眩心驰。

他俩在旧书档一蹲便大半天，逛美术馆，在路边喝咖啡，或在公园溜达，累了，躲在酒店套房整日不出来，听音乐、睡懒觉。

"真不想回去。"

杏友问："不走行吗？"

他吻她额角，"不行，学校假期已过，我得回去报到。"

杏友微笑，"我等你回来。"

"我交代过后马上接你过去结婚。"

杏友衷心觉得她的噩运已经过去。

他送她回到清风街，把手头上所有的现款都掏出来放到她手上。

"我即去即回。"

可是走到门口，他转过头来。

"杏友，祝我幸运。"

杏友看着他出门。

周星祥到了那边，还打过一次电话给她。

接着十多天过去，毫无音讯。

呵，是叫什么绊住了？

杏友这才发觉，她对他几乎一无所知，可是，她有坚强的信念，他的确爱她，她每天等他来接。

一日，正在收拾父亲旧书，看到门口有汽车停下。

她探头出去，看到的正是周星祥的跑车。

"星祥！"她兴奋地大叫。

忙不迭去拉开门。

从跑车里下来的却是一位秀丽的少妇，她上下打量杏友，"是庄小姐？"

杏友讶异地问："你是哪一位？"

"我是周星祥的姐姐周星芝。"

杏友连忙满面笑容，亲切地叫一声"姐姐"。

"我有话同庄小姐你说。"

"请进来坐。"

周星芝走进屋去，目光略为游走，像是不相信这狭窄简陋的一角就是客厅。

她挑张沙发坐下来，再一次端详屋主，"你就是庄杏友？"

杏友已经有点坐立不安，"是，我是。"

"你同星祥认识多久？"

"呃——"

她看着她："说。"

杏友为她的气势所摄，不得不答："一个多月。"

"荒唐，才一个多月，已经到了这种地步？"

周星芝并没有提高声线，她不像责备杏友，最使人难堪的，是她不过在指出事实。

"我不能置信。"她说下去，"短短一个多月，他为你荒废学业，离家失踪，还有，花掉巨款，还擅自取家中古玩变卖。"

杏友呆住。

周星芝冷冷地看着她，"你对他的影响，好得很呀。"

这时，周大小姐看到客厅的一个角落还堆着尚未拆开，购自巴黎著名服装店的纸袋。

"他怎么会像流水般花掉那么多钱？我打听下来，原来他挺身而出，义助你家办丧事，他同你什么关系，你家难道没有任何亲人？他把姐夫公司伙计支使得团团转，就为着讨好你。"

杏友退后一步，背脊已经贴在墙壁上。

她汗流浃背，真没想到她已引起周家人这样大的反感。

"短短一个多月，你几乎毁掉周星祥，我现在才明白，世人为什么叫某种女子狐狸精，实在有超人能力，害死异性，我唯一庆幸的是，这次碰见你的是我弟弟，不是我丈夫。"

杏友吓得浑身颤抖。

庄家虽然清贫，可是庄郁培一向受到学生尊重，杏友从来没有吃过这种苦。

今日，她挨到毒骂。

"我……"她挣扎，"一切都是他自愿的。"

"那还用说，你并没有把刀架在他脖子上。"

"我会设法把钱都还给你们。"

"庄小姐，你别空口讲白话了。"

杏友摇手，"我说真的。"

这个姿势使周星芝看到了她手上耀眼生辉的戒指。

她屏息，然后真正的动怒，"把戒指脱下来。"她喝道。

杏友脸色煞白，"这是星祥给我的订婚戒指。"

"胡说，这指环是我丈夫送我的结婚八周年礼物，化了灰我也认得，纽约 Tiffany 珠宝店出品，E 色，无瑕，证书还在我家中，指环内侧刻有 G 字，那是我英文名第一个字母，一个月前在我家丢失，我已报警，还连累两个老用人遭到开除，真没想到在你手上，好好的周星祥为着你的缘故竟成了家贼！"

杏友曾无数次爱抚这枚指环，她当然知道周星芝说的都是真的，原来她以为 G 字是珠宝店的一个记号，现在才知是原主人名字的缩写。

杏友头昏脑涨，眼前有一点点金星飞舞。

"把戒指脱下来，否则我即时报派出所。"

杏友默默除下戒指，交到周星芝手上。

"他还是一个学生，下次，请你找一个旗鼓相当的对手。"

周星芝转头就走。

杏友听见自己问："他……几时回来？"

周星芝背着她说："对，差点忘记同你说，他不会再见你，父亲雷霆震怒，已经将他禁足，他走也可以。"冷笑，"光着身子出来，由你养活好了，从此周家一切与他无关。"

杏友张大了嘴，耳边嗡嗡声。

周星芝自头到尾没有再转过身子来，"你有那样大的魅力吗？划不来呢，庄小姐。"

她拉开门走了。

很明显，那辆跑车也是她的。

周星祥是学生，尚无经济能力，他用的一切，都属于家里。

杏友怎么没想到。

一个大学生怎么可能有花不完的资源。

为着讨好杏友，他不惜擅取家中资产。

杏友稍后跑到电信局打长途电话找周星祥。

半晌，服务人员同她说："小姐，纽约这个电话号码已经取消。"

杏友颓然回家。

这一等，又过了一个多月。

杏友每日盼望周星祥会在门口出现。

"让我们一起闯出新世界，星祥，不怕，我们可以找工作，独立生活。"

这番话，庄杏友反反复复不知讲了多少遍。

可是，周星祥始终没再出现。

他交给杏友的现款渐渐花光，杏友困惑地想：这是她的终局了吗，才二十一岁多一点点，她已经走到尽头了吗。

母亲要是知道她今日那么吃苦，不知道会伤心到什么地步。

一个大雨天，有人敲门。

门外是庄国枢太太。

她轻轻问杏友："好吗？"

杏友傻气地笑，看上去有点痴呆。

庄太太有点心酸，进屋子坐下，低声："你的事，我听说了一点。"

杏友不语。

"杏友，眼光放远一点，让周星祥毕业再说。"

杏友低头，不发一言。

"我见过他，他等父母息怒，然后再想办法，叫你等他。"

杏友牵牵嘴角。

"他被大人关牢，行动不便，整日受司机监视，护照同驾驶执照以及信用卡支票簿通通被没收，十分吃苦，又愧对你，不能解释。"

杏友忽然微微笑了。

"你们其实都还是孩子罢了。"

杏友忽然开口："不，我已是大人，只不过我比较愚蠢。"

庄太太叹口气。

"你打算怎么样，上学呢，我们可以资助你。"

"不，我会找工作做。"

"杏友，为何多次拒绝我的好意?"

"人还是独立的好。"

庄太太不去理她,自手袋中取出一沓钞票放在桌子上。

杏友微笑,"你的恩典,我会记住。"

"你同你爸是一样硬脾气。"

杏友站起来送客,精明的庄太太一眼看到她的腰身,忽然怔住,不禁握住杏友的手,"你——"

杏友的声音小得不能再小,"我已经约好医生,只是筹借不到费用,现在问题已经解决。"

"不,杏友,请你三思。"

杏友抬起头来,"我还有什么选择,孑然一人,连自己都养不活,怎么能拖着一个孩子累人累己,一起溺毙。"

"胡说,我们都是你的亲人。"

"我怎么好造成他人的负担。"

"让我回家同你伯父商量。"

"不,请别把这件事宣扬出去,我已决定爬起来重新做人。"

"杏友。"

"摔得这样满身血污,也是我自己的错,我太会做梦,太相信人，我吃了亏，一定学乖。"

庄太太实在忍不住，掏出手帕拭泪。

人客终于走了。

杏友吁出一口气。

她一直微笑，当一个人不能再哭的时候，也只能笑吧。

第二天上午，她收拾简单衣物，预备到医务所去。

一打开大门，看到庄太太自车上下来。

杏友后悔没有早五分钟出门。

"杏友，我有话说。"

即使在这种时候，杏友也还是个识好歹的人，她低下头轻轻回答："我已经决定了。"

"我带了一个人来见你，未曾预先征求你同意，是怕你不肯见她。"

"谁？"

"是周星祥的母亲周荫堂太太。"

杏友一听，马上说："我约会时间到了。"

"杏友，可否给我们十分钟时间。"

杏友十分尊重这位伯母，可是此刻的她像是一只走投无路的小动物，已经受了重伤，急于要逃命，一听见敌人的名字，更吓得脸色煞白，使劲摇头。

庄国枢太太说："有我在这里，我会主持公道，你放心。"

杏友仍然摇头，挣脱庄太太的手。

"杏友，你不必急赴这个死亡约会，给自己及胎儿十分钟时间。"

杏友怔怔地看着她。

这时，黑色大房车车门打开，一位中年妇人走下车来。

呵，周星芝及周星祥长得完全像他们的母亲，四十余岁的人仍然漂亮夺目。

周太太第一次看到庄杏友，也呆住半晌，听星芝说，这年轻女子是不折不扣的狐媚子，陷星祥于不义，真正闻名不如目见，她面前的庄杏友瘦削、枯槁、萎靡，像新闻中的难民女，这是怎么一回事？

她的敌意不觉减了三分。

庄太太拉着二人进屋子里坐下。

她们连手袋都没有放下，都不打算久留，或者是觉得地方太简陋，不放心搁下随身携带的东西。

庄太太有话直说："杏友，给多五个月时间，把孩子生下来。"

杏友嗤一声笑出来。

周夫人忽然发觉这女孩子有一双炯炯倔强的眸子。

"杏友，让周太太负责你的生活直到孩子来到这个世上，然后让她送你出去读设计，这样，你多条出路，你看这个主意如何？"

杏友嘴角挂着一丝冷笑不褪，这时的她已经瘦得眼睛深陷牙床微凸，像骷髅似，似笑非笑更加怪异。

"这也是一个选择，你看怎么样？"

杏友张开嘴，她听得她自己问："星祥——"

周夫人没等她讲完，立刻说："星祥下个月同台塑的王小姐订婚。"

她语气肯定，不会再让步，"庄小姐，我会小心爱护这孩子。"想到婴儿可爱的小手小脚，不禁微笑，"请你给自己一个机会，留下孩子的生命，同时，也使我们周家安心。"

庄太太无奈地对杏友说："他们只能做到这样。"

周夫人说："孩子生下来，我会正式收养他，我已通知律师办合法手续。"

周家大小办事方式其实全一样快捷妥当，有钱易办事嘛。

"孩子，是男是女？"

杏友答："我不知道。"

周夫人："男女都一样。"

三个女子都停止说话，沉默下来。

夏季已经过去，秋风爽朗地吹进客厅，一并把街外小贩叫卖声也送进来。

庄太太咳嗽一声，把杏友拉到房内。

她轻轻说："留下余地，将来也许可以转圜。"

杏友惨笑起来。

"来日方长，杏友，请你点头。"

杏友缓缓坐下来，这也是她唯一可走之路。

"我打电话到医生处取消约会。"

杏友抬起头，"你对我的恩惠，在我生命至黑暗之际照亮我心。"

庄太太忽然流泪，把杏友拥抱在怀中。

两位太太终于满意地离去。

杏友忽然觉察到这是她生命中的第一宗交易。

傍晚，有人敲门，一个长相磊落的中年女子满脸笑容地说："我姓彭，庄小姐叫我彭姑好了，我来服侍你起居。"

当然是周夫人叫她来办事的。

杏友已经倦得不能拒绝什么。

半夜，杏友双足忽然抽筋，正在呻吟，彭姑一声不响过来替她按摩擦油，并且喂她喝粥，杏友沉沉睡去。

醒来，见彭姑在编织浅蓝色小毛衣，看见杏友注视，笑说："一定是男孩。"

杏友觉得这仿佛是别人的事，与她无关，闭上眼睛。

"太太决定叫孩子元立，你看怎么样，周元立，既响又亮，笔画也简单，即使被老师罚写名字五百次，也很快完成。"

杏友见彭姑说得那么遥远那么生动，不禁苦笑。

彭姑一天料理三顿饭，家居打扫得干干净净，兼联络跑腿，是个不可多得的管家，每星期还得开车陪杏友去医务所检查。

最难得的是她全不多话。

一日，杏友忽觉晕眩，摔倒在地，彭姑急急扶起，大声问："庄小姐，痛不痛，可需要叫医生？"

杏友见她真情流露，不禁轻轻说："我没事，你别怕。"

彭姑忽然听到她声音，一怔，"庄小姐，我还以为你不会说话。"

从那天起，两人也偶然聊几句。

一日下午，杏友取过外套，想出外散步。

彭姑说："我陪你。"

杏友走路已经蹒跚。

彭姑说："替你选择的设计学校在纽约，两年毕业，应该可以在当地制衣厂找到学徒工作，以后，以后就看你自己了，做人要把握机会，能屈能伸，工作上需倔强，永不放松，人事上非要圆滑不可，有时吃亏即是占便宜。"

杏友点点头。

彭姑忽然叹口气。

"庄小姐，这段日子来我也留意到你是好女孩，出身不错，令尊是读书人，只是……命中有劫数。"

杏友微笑。

"不必灰心,有得是前程。"

"谢谢。"

彭姑说下去:"周星祥由我带大,我是他的保姆,他的性格,我最了解。"

杏友抬起头来。

"他不是坏人,但是娇纵惯了,又年轻,肩膀无担待,什么都靠家里,父亲一吼,他马上软化。"

杏友默默地听着。

"这些日子,老实说,他要走,不是走不动,连一封信都没有,由此可知,是乐得将这件事告一段落。"彭姑无限感慨,"鱼儿离不开水,他哪里舍得悠哉游哉的生活。"

杏友一声不响。

"他不值得你挂念。"

是,奇是奇在杏友也这么想。

"他不知你的事,他已经同王小姐订婚。"

故意把这些都告诉她,是叫她死心吧。

完全不必要,杏友心身早已死亡,现在的她不过是一具行尸。

"我见多识广，你要相信我，你的际遇可以比此刻更坏。"彭姑叹口气，"现在你至少获得应有的照顾。"

杏友仍然不出声。

幸亏彭姑也不是十分多话，两人共处一室，大多数靠身体语言。

冬日竟然来临。

杏友十分诧异，时间并没有因她不幸的遭遇滞留，世界不住推进，她若不开步，将永远被遗忘。

杏友的行动渐渐不便。

一日，午睡醒来，听见客厅有两个人说话，一个是彭姑，另一个是好心的庄太太。

"有无人来看过她？"

彭姑答："除你之外，一人也无，庄小姐不折不扣是名孤女。"

"其实庄家人口众多。"

彭姑感慨，"一个人际遇欠佳，亲友争相走避。"

"她还年轻，一定有将来。"

"很多人觉得一个女子到了这种田地，一生也就完了。"

"那是众人眼光浅窄。"

"庄太太你是个好人。"

"彭姑你何尝不是。"

两人沉默一会儿。

"就是这几天了吧？"

"是，我已经都准备好。"

"周太太怎么吩咐？"

"我可以侍候庄小姐直至她出去留学。"

"你见过那位王小姐吧。"

"王小姐常常来，待下人十分亲厚，有教养，好脾气，大家都喜欢她。"

庄太太叹口气。

"周王两家将合作生意，发展整个东南亚市场。"

"彭姑你不愧是周家总管。"

杏友一直在房内听两位中年妇女娓娓闲话家常，这些都与她有关吗？太陌生太不真实了。

忽然之间，胎儿挣扎了一下。

杏友醒觉，咳嗽一声。

彭姑敲敲门，"庄小姐，我去银行。"

杏友出去一看，客人已经走了。

那天晚上，种种迹象显示，她应当进医院。

杏友十分沉默，不发一言。

彭姑警惕而镇定，紧紧握着杏友的手，"不要怕，有我在这里。"

杏友感激这位好心的管家太太，她不过是听差办事，无须如此富人情味，一切慈善发乎她内心。

周家的司机驶出大房车来接送。

彭姑向杏友解释："最好的医院，最著名的医生，你会得到最佳的照顾。"

杏友看看车窗外不发一言。

彭姑吁出一口气。

她的任务即将完毕，这是她在周家任职三十年来最艰辛的差使，无奈也得承担下来。

车子到了医院，彭姑吩咐司机："你回去叫阿芬阿芳快快准备我说的各种食物，稍后拎到医院来。"

下了车，彭姑似想起什么，同司机多说了几句。

杏友一个人站在晚风里，忽然看见一个好熟悉的背影。

她不禁追上去，脱口而出："星祥，是你来了？"

那人回过头来，却是一个陌生人。

杏友一怔，不知怎的，脚底一滑，摔在地上。

那陌生男人大吃一惊，立刻扶起她，"太太，你没事吧？"

彭姑也即时赶至。

杏友怔怔微笑，整个晚上第一次开口："你看我，失心疯了。"

生产过程并不顺利。

天接近亮的时候，杏友轻轻问医生："我已尽力，随我去吧。"

彭姑握着她的手，"请勿气馁。"

杏友浑身浸在汗中，"我不行了。"

谁知医生哈哈笑起来，"没有这种事，有我严某在此，我们准备进手术室。"

严医生充满信心，轻轻拍打杏友手背。

到了手术室，杏友反而镇静，她希望自己永远不要醒来，就这样与父母团聚。

她回忆到极小极小之际，刚学会走路，蹒跚地迈步，慈母在不远处蹲着等候她走过去，笑着说："这边，杏友，这边。"等她走到，一把抱住。

杏友记得很清楚，母亲年轻、娟秀，梳馨发，穿着格子旗袍与绒线袜子，那一定也是一个冬日。

她极之渴望再扑到母亲怀中。

她失去了知觉。

等她醒来的时候，浑身被痛的感觉占据，只会呻吟。

"庄小姐，一切无恙，母子健康。"

被彭姑猜中，果然是个男婴。

杏友勉强睁开眼睛，看到一室鲜花。

真没想到气氛会这么好。

她永远不会忘记，严医生爽朗的笑声，"我怎么说的？保证没问题。"

的确是好医生。

杏友侧过头去，咬紧牙关抵受剧痛。

"我帮你注射。"

一针下去，剧痛稍减。

严医生吩咐："把婴儿抱进来。"

彭姑却说："慢着，待精神好些再说。"

杏友不出声。

医生与看护都出去了，彭姑才说："不要看，看了无益。"

杏友维持缄默。

彭姑取出文件，"庄小姐，请在此处签名。"

她把笔交到她手中。

杏友的手不住簌簌地抖。

"庄小姐，别踌躇，大好前程在等着你，周元立会生活得似小王子，有祖父母最妥善地照顾他，你无须有任何挂虑。"

这时，她把住杏友的手，往文件上签下去。

然后，她折好文件，交给在门外等待的律师，东家叫她办的事，总算完全办妥。

律师匆匆离去。

彭姑满脸笑容，"最早下个月你可以出去留学了。"

杏友没有理睬她。

那是一条何等艰巨的路，杏友不寒而栗。

稍后，她在浴室镜子照到了自己的容貌，啊，可怕，瘦得似骷髅，皮肤呈紫色，头发干枯，整个人已没有生气。

怎么会这样难看？红颜霎时枯槁，伤口痛得她举步艰难，她一跤摔倒，昏了过去。

苏醒后杏友决定活下去。

要不死，要不活，可是决不能半死不活拖着。

三天后她离开医院。

手脚仍然浮肿，由彭姑扶着她走出大门。

车子驶返清风街。

司机开着收音机，本来电台有人报告新闻，忽然之间，悠扬的音乐出来，幽怨的女声唱："直至河水逆流而上，直至年轻人停止梦想，你是我存活的理由，我所拥有都乐于奉献……"

杏友很疲倦地说："司机先生，请你关掉收音机。"

司机立刻照做。

好了，车厢内静寂一片，杏友一声不响到了家。

她同彭姑说："你的工作完毕，可以回去了。"

彭姑说："不，我还得留下照顾你一个月。"

"不用，我从来不信那些古老传说，我会打理自己。"

"太太没有吩咐我走。"

杏友无奈，"请同周夫人说，我随时可以启程，请把飞机票及学费给我。"

彭姑说："你且同我坐下。"

杏友又问："报纸呢，我都不知世界发生了什么事。"

彭姑告诉她："两年学费已帮你汇到学校，又在附近租了小公寓给你，养好身体，立刻可以飞过去。"

杏友略为安心。

"你们年轻不会明白，健康最重要。"

杏友忽然微微笑，"还有，留得青山在，不怕没柴烧。"

"你明白就好。"

杏友始终没有恢复以前的容貌，她胖不回来，头发掉太多，也就索性剪短，除了一双大眼睛，从前旧相识恐怕不易把她认出来。

她把清风街的公寓退掉，只收拾了一些行李。

彭姑送她到飞机场。

真没想到庄太太也在那里。

看到杏友，她迎上来，"杏友，一路顺风，前程似锦。"

杏友大步踏向前，握住庄太太的手。

她知道生活得好，是报答庄太太关怀的最佳方法。

庄太太四边看了看，"他们都不来送你？"

杏友轻轻答："我不关心那些人。"

"好好读书，妥善照顾你自己。"

杏友微笑："我来生做牛做马报答你。"

庄太太拍她的手背，"这是什么话，你大伯与我都叫你不要见外，有事尽管找我们，还有，过几年名成利就了，记得请我们吃饭。"

彭姑在一旁："我也是。"

世上好人并不见得比坏人多，可是仍然有好人。

为着这两位女士，杏友决定挺起胸膛，仰着脸。

可是上了飞机，只剩她一个人的时候，一张脸就挂下来，且佝偻着背脊。

彼时没有直航飞机，停了一站又一站，像是飞了一辈子，杏友吃不消，终于呕吐起来。

呵，怪不得健康最重要，这副残躯非得料理好不可。

她脱下外套，发觉口袋里有一个信封，打开一看，是庄太太的一张便条及一沓美金，更附着庄家的电话及地址。

杏友为她的好心感动，不久之前，另外也有一人，把钱塞到她的口袋里。

庄杏友大抵一直给人一个等钱用的印象，太不济了，但愿将来经济情形可以充裕，再也不必投亲靠友。

抵达后她找到了小公寓，进大门后上木楼梯一共三户，古旧但干净。

放下行李，又连忙到设计学院报到，接着买些简单的食物回去。

她不会用老式煤气炉子，只得请教邻居。

只得一人在家，那年轻人金发蓝眼，自我介绍，是哲学系学生，立刻过来帮忙，要杏友请他吃苹果。

他叫杏友小杏子，乐观、热情、善谈。

不久他的伴侣回来了，一般英俊高大，是一名挣扎中的演员，此刻在某间著名饭店任侍应生帮补生计。

"小杏子你家境富裕吧，设计科学费不便宜。"

"请介绍我到餐厅任职。"

"开玩笑。"

"不,是真的。"

"有一个卖雪茄女郎空位——"

"我愿意做。"

"需穿短裙工作,你却那么瘦削。"

杏友颓然。

"不急,慢慢来,先熟习这光怪陆离的大都会再说。"

他们讲得对,每个人都是她的老师。

庄杏友已死。

庄杏友要努力生活。

杏友开始感激周家,她这才知道都会不易居,找公寓及找学校都不简单。

她完全心无旁骛,用心读书。

在班上,头都不轻易抬起来,亦不与人打招呼,往往眼睛只看着足尖。

冬去春来,她脱下沉重的大衣,换上单布衫。

那对金发年轻人搬走了,搬来一位新晋歌星兼模特儿,衣着打扮奇异，单位里老是传出麻醉剂燃烧的味道，不久也被房东赶走。

变迁甚多，日子也不易挨。

杏友最怕生病，忽然小心饮食衣着，可惜无论怎样吃，都绝对不胖。

她没有同任何人混熟，非常自卑，觉得配不上整个世界，自然也不会有人愿意同她做朋友，她躲在一只壳中，静默自在。

每一季，她寄一张卡片给她敬重的庄国枢太太，庄太太也回她片言只字。

设计学院惯例将期考成绩展览出来，许多厂家都派人来参观，寻找可造之才。

聪明的资本家最擅利用年轻人的活力心血，给他们一个希望，他们就乖乖卖命，把最好的奉献出来。

已成名的设计师，哪里还会如此尽心尽意。

许多同学未毕业已经被厂家拣中。

一次、两次，无论杏友怎样用功，老是被筛下来。

同学苏西教她："你是华人，应当有花样，弄些吉卜赛兮兮,大红大绿披挂玩意儿,要不把木屐旗袍改良,洋人就服帖了。"

杏友笑笑。

"你走这种朴素大方古典的西方路子,不夸耀,不讨好,怎么会有出路?"

杏友仍然坚持。

不久苏西也找到出路。

杏友恭贺她。

苏西苦笑,"牛工一份,不知何日出头,本市大抵有一百万名正在等待成名的年轻人,有些等了三十年。"

快毕业了。

杏友急急找工作。

一日,睡到半夜,忽听到婴儿啼哭声。

那孩子像是受到极大委屈,一声比一声响亮,哭个不停,近在咫尺。

杏友惊醒。

一额头汗,蓦然醒悟,一年多过去了。

周元立,那个陌生的小孩,已经会说话会走路了吧。

天渐放亮。

杏友维持原来的姿势，一动不动，没有变过。

她在晨曦里打量寄居年余的小公寓，也颇积聚了点杂物，大部分是参考书，一沓沓堆在工作台边，此外就是食物，人好歹总得吃，牛奶瓶子、果汁盒、面包饼干……看得出她没空吃，也吃得不好。

还有几只威士忌瓶子，有个牌子叫庄尼走路[1]，打开小瓶，喝一口，立刻定下来，可以从头开始。

在这个清晨，杏友特别害怕迷茫，她怎么会来到这个陌生的城市？举目无亲，孑然一人，如果倒下来，发臭也没人晓得。

街角传来警车呜呜哗哗的响声，一天又开始了。

杏友只得起来梳洗出门。

上午上课，下午去找工作。

小型厂家，厂房与办公室挤在一起，缝衣机前坐着的一半是华工，另一半是墨西哥人，白人老板看过庄杏友带

---

[1] 尊尼获加，Johnnie Walker。

来的各式设计样板，不出声。

杏友尴尬地坐着等候发落，如坐针毡，想找个地洞钻进去。

那人问："庄小姐可有本国护照？"

杏友据实答："无。"

"居留权呢？"

"亦无。"

"那意思是，需我方替你申请工作证？那是十分麻烦的一件事。"

杏友赔笑。

"让我们考虑一下。"那老板站起来送客，"有事我们会通知你。"

杏友还得向他道谢。

已经多次遭到滑铁卢，几乎有点麻木，但是不，内心仍然惊怖，自尊心荡然无存。

杏友放轻脚步，悄悄离去。

一路经过缝衣机，大不了做车衣女工，总有办法找到生活，还有两只手是她最好的朋友。

这两年真正时运不济，没有一件顺心事，路上布满荆棘，每走一步，都钩得双腿皮破血流。

才走到厂外，猛不提防，被一个深色皮肤的少年扑上来，一掌掴到她面孔，把杏友打退一步，他随即强抢她的手袋。

杏友金星乱冒，下意识拼命挣扎，不让贼人得逞。

手袋肩带扯断，杂物落了一地。

至危急之际，忽然有人见义勇为，奔过来喝止。

那少年大声咒骂，把杏友推倒在地。

杏友一跤跌在泥浆地里，坐在浆中，难以动弹。

那个好心人连忙帮她捡起手袋以及落在脏水沟里的各种图样。

他一边问："你没事吧？"

他看到她坐着不动，把泥浆当沙发椅，不禁大为纳罕。

他趋近一点。

她抬起头来。

他看清楚了她的面孔，不禁深深震荡。

啊，鹿一般圆大悲哀的眼睛充满彷徨，瘦削小脸，短发凌乱,嘴角被贼人打出血来。

这个像难民般的女孩需要他保护。

他说:"我拉你起来。"

她忽然笑了,多么强烈的对比,她的笑容似一朵宿蕾。

她轻轻说:"我不打算爬起来了。"

"什么?"他愕然。

"我没有能力应付这个世界,让我一辈子坐在这里也罢。"

他既好气又好笑,"咄,这罪恶都会的居民谁没有遭遇过抢劫非礼之类的事情,人人都坐路边不动,放弃、抱怨,那还成什么世界。"

杏友觉得这个人非常可爱。

她打量他。

他是一个棕发棕眼的年轻人,皮肤微褐,一时不知是何种族。

他伸出手来一把将杏友自地上抱起来,"我是阿利罗夫。"

她的衣服全脏,狼狈不堪,饶是这样,仍然比所有他见过的女孩都秀丽。

他把图样交回给她,忽然看到是时装设计图款。

"咦,你是设计科学生?"

杏友叹口气,"是,刚刚见工失败。"

她抖抖衣服,唉,这下子浑身血污,该上哪里去?

"贵姓名?"

"我姓庄。"

"庄小姐,我的办公室在附近,不如到我处来喝杯热茶休息一下。"

"不好打扰。"

"怕什么,四海之内皆兄弟也。"

杏友有点感动,这不是坏人。

"你是华裔吧,我原是法属犹太人,这两个民族间有许多共同点。"

原来是犹太人。

她跟着他身后走。

他的办公室在刚才杏友见工的厂房隔壁,同样是制衣厂,规模大许多,而且机器也比较上轨道。

"请坐。"

秘书进来,他吩咐几句。

一下子拿来了热茶及两件四号的女装。

"你若愿意,可以换件衣服,这是敝厂的荣誉出品。"

"谢谢你。"

杏友到卫生间换上干净衣服,用暖水抹掉嘴边血渍,梳一梳头,才出来喝茶。

她发觉阿利罗夫正在看她的设计。

"见笑了。"

"哪里,我很欣赏。"

"处处碰壁。"

"为什么?"

"它们没有特色。"

"有呀,朴素大方,永恒的设计,这些都是最大的特色。"

杏友苦笑,没想到在这里碰到一个知音人。

她换上的是套炭灰色针织裙,略为收腰,更显得她楚楚动人。

阿利罗夫看得发呆。

杏友收拾好手袋,"我要告辞了。"

"喂喂喂,不急着走,刚才你……你要找工作?"

"是呀。"

"庄——"

"庄杏友。"

"庄小姐，我们这正等人用。"

杏友张大了嘴。

他把秘书叫进来，"安妮，请替我们添茶，有无蛋糕？拿些进来。"

然后转身问杏友："愿不愿意考虑？"

"我没有护照，只持学生证件。"

"不怕，我们可以帮你申请工作证，你什么时候毕业，先来做见习生如何？"

杏友不置信地问："当谁的学徒？"

"我呀，我是厂主，你别见笑，小规模，我一个人打理，正需要助手。"

杏友看看他。

那么爽快，那么慷慨，这个人难道是她的救星？

他立刻给她一张职员资料表格，"你可以在这里填写。"

杏友不是笨人，当然知道机会难逢，反正带着整套资料，便到会客室写。

秘书送了苹果馅饼进来，香气扑鼻。

她笑，"这是罗夫太太手艺。"

杏友一怔。

有一个声音急急补充："你别误会，那是家母，我未婚。"

秘书诧异地笑了，小老板今日是怎么一回事？

杏友把表连同证件一起递上去。

阿利说："我送你回家。"

他个子不高，衣着随便，给人一种亲切感。

杏友笑笑，"我自己可以回家。"

阿利觉得她的笑容里有太多的涩意。

"住哪里？"他不给她推辞。

杏友讲了地址。

他意外，"呵，近村里，那边公寓很舒适。"

看样子环境不算太坏。

一会儿回来，非得把她的资料履历背熟不可。

到了门口，她轻轻向他道别。

"明天放学记得来上班。"

"是。"

回到公寓，恍如隔世。

杏友连忙淋浴洗头，把借来的衣服放好，预备明日归还。

找到工作了。

再多摔一跤也值得。

第二日她与同学苏西说起这家公司。

"罗夫针织颇有名气，可是厂主叫约瑟，不叫阿利，我替你打听一下，看两家公司有无联系。"

下午，消息来了，"约瑟，是阿利的叔叔，工厂均有声誉，两家公司都赚钱。"

杏友颔首。

"不过罗夫家族是犹太人，十分精明。"

"谢谢忠告。"

"恭喜你找到工作。"

杏友腼腆，"已是班上最后一个找到出路的学生。"

"他们要花样，你就给他们弄花样，别太固执。"

"是。"

"杏友，我看好你。"

"多谢鼓励。"

杏友那日到罗夫厂报到，阿利有事出去了，秘书招呼她在小房间坐下，给她工作指示。

"阿利过一刻就回来。"

杏友连忙把昨日的衣服归还。

安妮讶异，"阿利叫我收拾了一大堆四号样板出来给你，不用还了。"

真是周到。

杏友在这小小的办公室内找到归宿。

稍后，阿利回来了，只在房门口张望一下，没有打扰她，各忙各的。

他没有规定她的工作时间，她老是超时。

所有老板都喜欢勤奋的伙计，阿利甚感安慰。杏友一直以为他对下属一视同仁，直至一日。那天下大雨，复活节前后天气不稳定，杏友沏了一杯中国茶，边喝边看雨景解闷。她站在小会客室旁边，忽然听得房里两个人对话。

"阿利，我不明白这件事。"

"叔父，你照我说的做好了。"

那叔父却说："那是一个华裔女，阿利。"

"我知道。"

"两个民族风俗习惯完全不同，你有何寄望？"

杏友怔住，这不是在说她吗？

她立即涨红面孔，预备走开，可是一时间双腿不听话。

"阿利，你对她一无所知，而她呢，她可分得清什么叫议那肯，什么叫勇吉波？"

阿利罗夫不出声。

"花这样巨大的人力物力替她参展，助她出名，值得吗？"

"庄的设计实在典雅。"

"好？人人都好，人人都真材实料，人人均勤力工作，照你这么说，人人都可以出名？"

阿利却说："我已经决定了。"

"华人十分聪明，你别入了她的圈套。"

"我俩自始至终才说过十来句话，你别误会。"

"阿利，你莫把父亲的遗产全丢了才好。"

"叔父到底肯不肯做推荐人？"他已经不耐烦。

他的叔父大为诧异，"你着迷了。"

"没有的事。"

"你与表妹玛莉亚之事肯定已经告吹？"

"玛莉亚一向像我亲妹子般。"

叔父叹息一声。

"这样吧。"他不得不让步，"我至少也该见一见我保荐的是什么人？"

阿利声音中带笑意，"我叫她进来。"

杏友连忙走开。

安妮在茶水间找到她，"原来你在这里，阿利请你过去一下。"

杏友略为整理衣饰便过去敲门。

雨下得更大了。

门一开，杏友看到一个肥胖的大胡子，这便是约瑟罗夫了。

阿利为他们介绍。

他说："叔父想拿你的作品去角逐新人奖。"

杏友心知肚明，只是微笑。

大胡子约瑟先看见一张雪白的小脸，接着被一双忧郁大眼睛吸引。

他困惑了，华裔怎么会有那样的眸子？那可是犹太人的眼睛呀。

他听见自己毫无因由地问："庄小姐，你穿四号衣服吗？"

阿利笑，"叔父老说世上哪有四号腰身。"

杏友一直赔笑。

约瑟显然改变初衷，"杏子，你几时到我们家来吃顿便饭。"

杏友连忙点头称好。

片刻她说有事要做，有礼地告辞，这次她匆匆回自己的办公室去。

杏友没听到他们叔侄接下来的对话。

"好一个美人。"

"我只看她的办事能力。"

"是吗？阿利。"约瑟哈哈笑。

"当然，我一向公管公，私归私。"

"她深若无底的大眼里有什么心事？"

阿利十分遗憾，"我不知道。"

"还不去寻根问底？"

阿利下班之际，看到杏友还未走。

他过去说："叔父相当喜欢你。"

杏友笑，"我知道勇吉波是你们一年之内最圣洁的节日，需禁食祈祷。还有，逾越节为纪念你们出埃及记。"

阿利一愣，随即十分高兴，说不出话来。

"老板是犹太裔，我自不敢托大，多多少少翻书本学一点，最近在看你们的历史。"

阿利轻轻坐下。

杏友调侃他："大卫的子孙，公元前已有文化的犹太裔，可也想知通华人渊博的历史？"

这是杏友第一次在他面前展露俏皮，巧笑倩兮，真将他迷住。

她的心灵不再沉睡，有苏醒迹象。

小伙子开心得说："家母是土生儿，不注重这些风俗，她自己也吃汉堡。"

杏友拍拍阿利的手，"下次，该轮到我告诉你什么叫作七巧节。"

"中国人节日也很多。"

"简直繁复深奥无比，我们以农历立国，天天在田里苦干，哪有假期，就靠过节来透透气。"

这也是他们第一次聊天。

"杏友，快毕业了吧。"

杏友一怔，收敛笑容，"日子过得真快。"

也情愿是这样吧，难道是度日如年的好？

"假使不打算继续进修，我想与你订两年合同。"

"哟，是死约吗？"

"当然。"

"有何权利义务？"

阿利想玩笑几句，但是在他爱慕的女子面前，不敢造次，只是笑说："超时工作，躬鞠尽瘁，唯命是从。"

杏友颔首，"我得到的又是什么？"

"罗夫制衣厂将致力捧你出名，作为招牌，从中得益，互相利用。"

杏友放心了。

至要紧无拖无牵，大家有好处。

她搁下了对阿利罗夫的警惕之心。

毕业那日，她收到庄国枢太太寄来的卡片。

"恭喜你，终于毕业了，见习工作进度如何？希望看到你的近照，并且期望将来在国际新闻上读到你的名字。"

这位可敬的长者是她生命中一颗明星。

渐渐杏友也悟出一些做人的道理：人家对你不好，随他去，人家对你施有滴水之恩，必定涌泉以报。

阿利罗夫与她非亲非故，竟这样竭力帮忙，庄杏友又不是笨人，自然明白其中意思。

毕业那日，只有他来观礼。

"杏子，你的亲人呢？"

"我父母早已辞世。"

"没有兄弟姐妹？"

"在这世上，我只得自己。"

阿利恻然，"还有我呢。"

杏友笑笑，"我知道。"

他替她拍了许多照片，一定可以挑到一张好的寄给庄太太。

"杏子，过去两年你的生活靠谁提供？"

"一点点遗产，此刻已经用尽，非有工作不可。"

一切合情合理，阿利不虞其他。

庄太太的回复来了："知道你已获新人奖，不胜欢喜，许多华裔艺术工作者都得到犹太裔资助，甚有渊源，请把握机会，照片中的你气色甚佳，但仍然瘦削，需注意饮食。"

也不是没有麻烦的事。

租约满了，杏友不舍得搬，可是薪水又不够付房租。

还有，工作证只得一年，她自比黑市劳工，命运控制在老板手中。

秘书安妮开玩笑："杏子你别生气，嫁给小老板岂非一了百了。"

杏友不但不气，反而说："难怪那么多女子一抵埠就立刻抓住对象结婚。"

"真假结婚都无所谓。"

杏子笑，"需付给对方一大笔费用。"

"什么？"安妮睁大眼睛，"你看不出来阿利罗夫对你一见钟情？"

杏友推她一下，"嘘，背后别讲老板是非。"

"嘻，我当着他面都这么讲。"

杏友笑笑。

"考虑做罗夫太太吧。"

拿了奖，身份骤然提升，又签约成为正式职员，开会次数忽然多起来。

那日，阿利吩咐："杏子，下午有气象专家前来开会，你请列席。"

杏友怀疑听错，"谁来开会？"

"气象专家。"

"预测什么？下雨不上班？"

阿利温柔地看着杏友笑。

"我是生意人，生意必赚钱，且赚得越多越好，去年专家预测会有一个严冬，我大量生产厚大衣，结果利润可观。"

杏友目瞪口呆，"哗。"

"今年说不定受圣婴现象影响，冬日温暖潮湿，宜多生产雨衣风衣。"

原来有这样的学问。

他们的生存靠市场，必须密切注意人客的需要，光是设计精美有什么用。

杏友汗颜，要学习之处不知还有多少。

"杏子，你最要紧的任务是帮罗夫制衣厂打响招牌。"

"我当尽力而为。"

他改变话题，"家母说，请你到舍下吃晚餐。"

之前已经问过几次，杏友老是觉得她没准备好。

阿利静静看着她的表情变化。

半晌他说："我知道，你工作忙，没有空。"

杏友笑，"我可以同老板商量一下。"

阿利大喜过望，"我批准你放假日。"

罗夫太太闺名玫瑰，黑发棕眼，容貌娟秀，个子小巧，看上有去有点像东方人。

她十分开通大方，满脸笑容招呼庄杏友。

丰富的晚餐及甜品后他们坐在书房看照片簿。

罗夫太太说："像中国人一样，我们家庭希望得到众多男丁。"

杏友唯唯诺诺。

"杏子，你喜欢孩子吗？"

阿利这时发觉杏友脸色忽然阴暗，她不再说话。

他连忙打圆场："女性应发展事业。"

罗夫太太很识趣，"是，是，我思想太古老。"

杏友又展开笑脸。

她没想到罗夫家那么舒适，管家做得一手好菜，老房子足有六间卧室。

花园的紫藤架最适宜夏天坐在那里喝冰镇香槟，孩子们自由自在地跑来跑去。

摆着现成的幸福，还有什么可嫌。

阿利又是那么体贴的一个人。

自家里出来，他说："家母话太多了。"

"哪里哪里，很好很亲厚，同你一般知情达理。"

他忽然问："你对异族通婚的看法如何？"

杏友没想到他会鼓起勇气单刀直入，她这样回答："同所有婚姻一般，需详加考虑。"这种答案，与"家母不赞成""我这里喜欢"，以及"我们永远做好朋友吧"一样，是推搪之辞。

阿利罗夫却不知道。

他微笑，"没有吓到你吧？"

"没有，怎么会呢。"

送杏友回家后，他折返听母亲意见。

罗夫太太说："非常聪明美丽的女子。"

"还有呢？"

"有教养，够静，开口却幽默。"罗夫太太赞不绝口。

阿利满心欢喜。

罗夫太太接着："可是——"

阿利大急，"可是什么？"

"阿利。"她看看儿子，"她不是你的对家。"

阿利头上被浇了一盆冷水，半晌作不得声。

"妈，为何这样说？"

"她心事重重，心不属于你。"

阿利松口气，"自她慈父辞世后，她一直放不开，我已习惯。"

姜是老的辣，"她的理由就那么多？"

阿利笑，"我们相识的日子还浅，将来我会知道得更多。"

罗夫太太凝视儿子，"你已交了心。"

阿利腼腆，"瞒不过你，妈妈。"

罗夫太太叹一口气。

过两日，阿利同人开会。

意大利米兰一间著名家族针织厂发展二线较廉价衣物，想觅人合作。

"条件颇辣，分明是想利用我们同东南亚工厂熟悉的关系，可是摆足架子。"

生产部说："我们未来三年计划已定，管他呢。"

阿利说："我觑觎米隆尼这只牌子。"

人到无求品自高，想利用人，自然得先给人利用。

"这几只是他们设计的样子，杏子，过来看看。"

杏子过去一看，不出声。

她的最佳品质一直是少说话。

"怎么样？"

杏子把图样传给各同事看。

"嗯。"有人说，"款式过于飘忽。"

"领口太大，裙叉太高，不宜做上班服。"

"针织口不够挺拔，根本只是消闲服饰。"

"采取何种合作方式？"

"干脆我们只接生意，不做投资，稳健得多。"

阿利又说："可是，我想冒险博取更大利润。"

"我们的生意很好，去年同事们的年终奖金达百分之四十。"

"我却觉得可以一行。"

"那么，先部署接触吧。"

"派杏子做代表。"

阿利说："杏子经验尚浅。"

"可是，杏子长得最好看，这一点在我们这个行业有多重要，也不劳我多说，杏子，你千万别多心以为我们利用你设美人计。"

杏子只是微笑。

当然这一下子部署计划的责任也落在她身上。

阿利说："他们都没有兴趣，将来，功劳也是你一个人的。"

杏友夜以继日的工作，倦了，只伏在办公桌上眯一会儿，睁开双眼再做。

本来清秀的她越来越消瘦。

阿利十分担心，"杏子，卖力不卖命。"

"下一句是什么？"杏子侧着头，"对，叫卖艺不卖身。"

阿利无奈，他不是说不过她，只是不想赢她。

意大利人终于来了，兄妹俩，年轻、斯文、长得俊美，可是隐隐约约透露着无比的优越感。

这种感觉太熟悉了，在什么地方经历过？

杏友有点恍惚，啊，是周家。

她不由得发呆，怎么会冷不防又在最奇怪的时刻勾起不愉快的回忆。

米氏兄妹对罗夫厂的第一印象欠佳，只见代表是五短身材的犹太人，另一个是魂不守舍的华裔女，顿时起了轻蔑之心。

尤其对庄杏友大感踟蹰，那样水灵灵弱不禁风的一个人，如何做生意？

言语间渐渐对阿利罗夫有点不敬。

待杏友回过神来，只听见阿莉安娜米隆尼讽刺地说："我们可不想人家误会米隆尼走下坡到中国去制造成衣。"

她兄长维多笑，"一日我六岁的儿子问我，'爸爸，华人是否特别勤力，为何所有玩具都由华人制造？'"

阿利罗夫只是干笑。

他不是不敢反驳，而是没有那种急智。

杏友看到阿利只有挨打的份儿，似缩在一角不出声，觉得生意成功与否还是其次。

她忽然大胆仗义执言。

她提高声音，用标准英语沉着答话："货物在中国制或以色列制都无关紧要，你我不过是扮演中间人角色，把最好的制品以最合理克己的价格推荐给用家，人客满意，大家都名利双收。"

杏友像保护小同学一般，母性大发，差点没把阿利藏到身后。

她说下去："合伙人无须爱上对方，可是必付出某一程度的尊重，如不，根本不用谈下去。"

米氏兄妹静下来。

到底是做生意的人，并无即时拂袖而去。

杏友取出计划书，简约陈述。

她秀丽的脸容忽然溅出光辉，大眼炯炯有神，直言不讳，指出米氏设计上的谬误，并且出示更佳改良作品。

"华人说：满招损，虚受益，罗夫制衣对北美洲东西两岸适龄女性口味比你们有更多了解，彼此信任互助至好不过。"

本来，她还想多解释几句，但此刻知道得罪了人客，不可能签得成合约，索性豁出去，收拾文件，鞠躬，退出会议室。

她深深失望。

整个月不眠不休，换来这种结果，叫她难受。

但，总算替自己及阿利出了一口鸟气。

她跑到附近小酒馆去喝上一杯解闷。

座位上不知是谁遗留下一本过期的中文杂志，封面上半裸的女明星正诱惑地媚笑。

物离乡贵，人离乡贱，本来杏友无暇拜读这种彩色小册子，可是来到八千里路以外的地方，不禁对之生了好感。

她信手翻阅。

目光落在一页彩照上，大字标题这样写：

"周星祥王庆芳新婚之喜。"

杏友发怔。

所喝的酒忽然在胃里发酵，她读到记者夸张地标榜周王两家的财势，接着详尽形容婚礼豪华的铺张。

杏友看看杂志出版日期，在今年年头，刚好是她到处找工作的时分。

杏友喝干手上的酒。

庄国枢太太并没有告诉她。

是为她设想，一切已与她无关，知来做甚。

照片上穿小礼服的周星祥愉快地微笑，同一般新郎没有什么不同。

杏友合上杂志。

她再叫了一杯威士忌，一饮而尽。

半晌不知该到什么地方去。

然后猛地想起来，喂，庄杏友，还没有下班，回罗夫制衣厂去继续苦干呀，上帝待你不薄，那里正是你的家。

她站起来走出酒馆。

抬头一看，鹅毛那样的大雪自天上飘下来，街道上已经积了一层雪白的天然糖霜。

杏友微笑。

呵，秋去冬来，不知不觉，流年偷逝。

蓦然脚底一滑，摔倒在地。

她已是跌倒爬起的高手！并不觉得尴尬。

喘一口气，刚想扶着电灯柱起身，有人在她身边蹲下。

"杏子。"

是阿利罗夫。

他用力抱起她，拍掉她身上的雪花，紧紧拥抱她。

"你怎么跑到这里来，我到处找你。"

杏友到这个时候才怔怔落泪。

"喝过酒了?"

杏友点点头。

"哭什么?"

杏友不出声。

阿利褐色眼睛里有十分喜悦，"有好消息告诉你呢，意大利人叫你骂得心服口服，已把计划书拿回去详加考虑。"

杏友怔怔看看他。

"不过他们也有一个条件：以后不同庄杏子开会，他们实在害怕。"

杏友不禁破涕而笑。

"胜败乃兵家常事，何用动气落泪。"

二人站在雪地里，肩膀与头顶都一片白。

"来，回公司去，还有工作需要过年前赶出来。"

杏友点点头。

离远看到 ROTH 四个字母，那里，便是她的归宿。

一个星期之后，米氏决定接纳罗夫作为伙伴。

消息一下子传开，同行都知道了，老字号沉得住气，不置可否，只装作看不见，小家子气一点的行家则妒忌不已。

阿利感慨地同叔父说："这三十年来第一次有意大利人看得起我们，应当大家庆幸，可是你看，同行如敌国，反而惹来一大堆闲言闲语。"

"自家争气就是了。"

"真是一盘散沙，根本不知团结就是力量。"

杏友忽然笑了，"这是他们形容华人的惯用词。"

约瑟罗夫劝道："你赚到钱，自然有地位。"

阿利说："也只得这样想。"

杏友赚到第一笔奖金，阿利劝她置地。

"一定要有瓦遮头，方能谈及其他。"

他陪她去找公寓房子。

秘书安妮诧异，"还不求婚？也是时候了。"

阿利微笑。

"别给她太多自由，抓紧她。"

阿利答："待她长胖一点再说。"

"胖了就更多人喜欢。"

"我有信心。"

"是吗？那就好。"

她也爱他，平时一声不响的瘦弱女，看见他被欺侮，挺身而出，不顾一切地维护他。

那一次真叫他感动落泪。

他了解她，她甚至不会为自己辩护，为他却毫不犹疑。

一定会娶她，但还不是时候。

她搬离了周家替她租的公寓，自立门户。

阿利让她成立一个独立部门，设计个人作品，招牌叫杏子坞。

开始有外国杂志要访问庄杏友。

"庄小姐，杏子坞的坞是什么意思？"

"小小的，低洼的花床。"

"啊，多么美妙，那里种杏花吗？"

"不错，杏子是我名字。"

"你喜欢杏花？"

"中文里杏与幸同音，杏友，则是幸运之友。"

"你觉得自己幸运吗？"

杏友双目中忽然闪过极其寂寞的神色，阿利看在眼里，暗暗诧异。

只听得她说："是，我极其幸运。"但不似由衷之言。

"运气在你的行业里可占重要位置？"

"在任何环境里，运气都非常重要，你需十分动力，做得十分好，还有十分幸运。"

"庄小姐，听说你快与罗夫先生结婚。"

杏友忽然笑了，在阿利眼中如一朵花蕾绽开那般娇美，他想听她如何回答。

杏友却道："我尚未决定什么时候求婚。"

记者也笑，"告诉我们，华裔女打天下的苦与乐。"

"你可有六个钟头？"

约瑟罗夫劝说："你这样宠她不是好事。"

阿利只是微笑。

"女人宠不得。"

"叔父好似相当了解女性。"

"她羽翼既成，一飞冲天，你留不住她。"

阿利沉默。

"你还不明白？"

"我了解杏子，她尚未准备好。"

约瑟罗夫扬扬手，"你一向精明，阿利，这次可别走眼。"

阿利低下头，略觉无奈，平白添了心事。

"你表妹初夏出嫁。"

他抬起头，"恭喜叔父。"

"请杏子代为设计一袭礼服，记住，需庄严秀丽，不得低胸露背。"

阿利大笑，"一定可以做到。"

杏友知道后大感意外。

"结婚礼服？我不会那个。"

"叔父点名要你帮忙。"

"那么，让我见见你表妹罗萨琳。"

罗萨琳身段娇小，皮肤白皙，一头大鬈发，长得似拉斐尔前派画中女主角。

她诚意拜托："尚有两位伴娘。"

杏友点点头。

"全交给你了。"

"我画几个样子给你挑。"

"不，杏子，一件足够，我信任你。"

杏友十分感动，这一家人就是这点可爱。

她在工余四处寻料子，样子心中早已经有了，她曾同自己说过，结婚礼服一定会亲手设计。

既然自己一生都不会用得着，那么，就让给可爱的罗萨琳吧。

杏友找到一匹象牙白英国诺丁山制的真丝，有十多年历史，可是抖出来依然闪闪生光。

她先用白布制成样子给罗萨琳试穿。

整件礼服并无突出之处，可是船形领口上有巧妙花瓣装饰，使得新娘子的面孔就似花蕾，无比娇俏。

罗萨琳看到镜子哗一声，忍不住哭起来。

杏友吓一跳，"不喜欢？"

她紧紧拥抱杏友，"谢谢你，杏子，谢谢你。"

她美得似小仙子。

"头纱用什么式样？"

"叫令尊送一顶小小钻冠给你。"

说完，杏友吐吐舌头。

谁知约瑟罗夫进来看见女儿，泪盈于睫，"好，好。"一口应允。

可是阿利罗夫才是最高兴的一个：杏子竟与他的家人相处得这么好。

罗萨琳问："杏子，你爸也疼爱你吧。"

"是，虽然清贫，可是他深爱我。可是，他已不在人世。"

"可怜的杏子。"

杏友无奈地微笑。

阿利过来，轻轻握住杏友的手，杏友抬起头来看看他，不说话。

礼服制成那日，刚巧有一本著名家居生活杂志来访问，记者看到了，站在那里发呆，一定要拍照，杏友问过罗萨琳，她说没问题，杏友又征求约瑟及阿利的同意。

安妮在一旁说："庄小姐做事如此细心，我们真学不到。"

大家都决定让礼服出一阵子风头。

记者问："全部手制？"

"是。"

"多少工人，用了几多时间？"

"我一个人，约两个星期时间，逐针做。"

"真是一件最美丽的新娘礼服。"

"新娘比衣服还要漂亮。"

"你可打算接受订单？"

杏友笑，"不不不，这是为一个好朋友所做，只此一件，下不为例。"

"多可惜。"

束腰大裙子上没有一块亮片或是一粒珠子，也无花边蕾斯，罗萨琳穿上它，就是像图画中人。

犹太式婚礼仪式只比中国人略为简单，已经入乡随俗，可是仍叫杏友大开眼界。

婚礼上有室内乐团演奏音乐，并且有歌手唱情歌助兴。

杏友穿着淡灰紫色套装，十分低调，心情还算不错，坐着喝香槟。

阿利形影不离，"一会儿我教你跳婚礼庆典之舞。"

"好呀。"

就在这个时候，歌手忽然改口，轻轻地，充满柔情蜜意地唱："我爱你直至蓝鸟不再唱歌，我爱你直至十二个永不，那是好长的一段时间……"

杏友发呆。

过一会见她自言自语地说："谎言。"

阿利莫名其妙，"什么？"

"没事。"

婚礼到最后进入高潮，新郎与新娘踏碎了包在布块里的玻璃杯，然后大家手拉手一起跳舞。

杏友喝得酩酊。

回程里她一动不动地睡着。

阿利把车停在她家附近，在驾驶位上陪她盹着。

天渐渐亮了。

杏友睁开双眼，"头痛。"

阿利也醒来，微笑，"早。"

"昨夜我们在车上度过？"杏友惊问。

"别告诉任何人，请照顾我的名誉。"

杏友看看他深情的眼睛，"放心，我会对你负责。"

他自口袋里取出一只天蓝色盒子，"那么，请接受这件礼物。"

"我——"杏友按着太阳穴。

"是叔父感谢你为他爱女缝制嫁衣。"

杏友松了口气。

打开小盒一看，是一对心形钻石耳环。

"啊，真漂亮。"

她立刻照着汽车倒后镜戴上，"我永不摘下。"

"杏子，下个月我陪你去欧洲开拓市场。"

杏友摇摇头，"欧洲人刚愎自用，对外人成见深，门户观念太重，不易为。"

"一定得设法把那围墙打一个洞。"

"我不会抱太大希望。"

"尽管尝试一下，至少也让人家知道你是谁。"

杏友微笑，"你是决意捧红我。"

"凭你自己本事，杏子，各行各业，没有谁捧出过谁，均靠实力。"

"是，先生。"

杏子坞在游客区设有小小一家门面店，杏友不常去，平日交安妮打理，那日，特地把罗萨琳的礼服带回店去密封装盒子，遇到不速之客。

那是两位年轻华裔小姐。

站在玻璃橱窗外，呆呆地看杏友折好婚纱。

片刻，她们推开玻璃门进店。

安妮连忙上前招呼。

杏友看清楚两位小姐都是二十多岁模样，衣着考究，分明是环境富裕的游客。

进门来都是客人，杏友放下手上工夫。

只见其中一位像着魔般指着婚纱。

"我在《家居及花园》杂志上见过这件礼服,原来它在这里。"

安妮头一个笑出来。

"我愿意买下它。"

安妮解释:"这是非卖品,再说,它已经有人穿过。"

可是那标致的女郎恳求:"请让我试穿一下。"

她的同伴有点不好意思,"她下个月结婚,找不到礼服。"

呵。

女人同情女人。

杏友问:"有无到欧洲的几家名店去看过样子?"

准新娘懊恼,"不是太平凡,就是太新颖,况且,我不喜欢暴露。"

另一位问:"这件礼服由谁设计?"

杏友答。"我。"

"对,你姓张。"

"不,小姓庄。"

"庄小姐,我们姓王,这位下月出嫁的女士是我表妹。"

"庄小姐，求你帮我设计一件。"

杏友笑，"对不起，我不做婚纱。"

"这件呢？"

"这件特别为好友缝制。"

"她真幸运。"

那位年纪略轻一点的王小姐抓起礼服就自说话走进试身间换上。

出来时鼻子通红，"这就是我要的礼服。"都快哭了。

她坐下，不愿动，也不肯脱下人家的礼服。

杏友笑，"我介绍几位设计师给你，安妮，把爱德华及彼得的电话地址交给这位王小姐。"

那女郎撒娇，"我只要这一件。"

"庆芝，别这样，人家要笑我们了。"

安妮斟上一杯茶，"不要紧，我们的针织便服也很漂亮，请看看。"

那庆芝说："庆芳，你帮忙求求人家嘛。"

杏友一怔，王——王庆芳。

她忽然之间静了下来，四周围的声音霎时消失，杏友什么都听不见，耳边只余王庆芳三个字。

是她吗？

一定是她，秀丽的鹅蛋脸，好脾气，一派富态的神情，错不了。

杏友定一定神。

只见安妮把杏子坞招牌货取出给她挑选，她也不试穿，便应酬式选了两件外套。

她表妹仍然穿着婚纱，"真没想到有这样可爱的小店。"

安妮笑，"不算小了，去年制衣共七万多打。"

杏友不发一声。

那王庆芝小姐终于依依不舍脱下礼服。

王庆芳取出名片放下，"庄小姐，幸会。"

杏友连忙接过道谢。

王庆芝说："快叫星祥来接我们。"

她表姐却道："他在谈生意，怎么好打扰他。"

"啐，要丈夫何用。"

"你应当嫁司机，全天候二十四小时服侍。"

安妮笑得合不拢嘴。

只见王庆芳拨电话叫家中车子出来接。

扰攘半天，两位王小姐终于离去。

安妮这才诧异地说："天下竟有这种富贵闲人。"

杏友忙着收拾，不置可否。

安妮取过名片读出。"王庆芳，台塑公司美国代表。"
她问，"那是一家大公司吗？"

杏友不知如何回答。

安妮发觉杏友神色不对，"你不舒服？不如回去休息，
我替你收拾。"

杏友跌跌撞撞回到家里。

她喘息着，像是被猛虎追了整个森林，虚脱似跌坐在
沙发里。

过了许久，杏友脸上忽然现出一丝苦涩笑意，是嘲弄
自己懦怯。

全都过去了，庄杏友已再世为人，还怕什么。

电话铃响，杏友抬头，发觉暮色已经合拢。

她顺手开灯，灯泡坏了，不亮。

电话由阿利打来，"安妮说你不舒服？"

"现在好了。"

"我这就过来看你。"

他带来丰富的食物，见灯坏了，迅速替她换上新灯泡。

杏友凝视他良久，忽然说："阿利罗夫，让我们结婚吧。"

阿利一怔，佯装讶异，"什么，就为着这盏灯？"

"为什么不呢，世人还有更多荒谬的结婚理由。"

阿利颔首，"你想享福了。"

"可不是。"

阿利佯装狞笑，"没这么快，罗夫在你身上花的本钱需连利息加倍还，你还得帮我打天下。"

"我想回家做家务。"

"洗烫煮全来？"

"是，洗厕所都干。"

"那岂非更累，逃避不是办法。"

"谁说我逃避，我喜欢管家。"

"孩子呢，打算生几个？"

杏友忽然噤声。

半晌她才说："告诉我关于你欧洲的计划。"

阿利点点头，"幸好马上苏醒过来。"

阿利策划替她猎取奖项。

怎么样进行？当然是请客吃饭拉关系，巧妙地说好话送红包。

世上没有免费午餐，没有付出，何来收获。

在巴黎的一个星期，杏友天天穿着华服钻饰陪阿利外出晚宴。

装扮过的她犹如一名东方公主，公众场所内吸引无数目光。

女子出来打天下，长得好，总占便宜。

账单送到酒店来，杏友看了心惊肉跳。

"落手这样重，可怎么翻本。"

"在所不惜。"

"古巴雪茄十盒，克鲁格香槟二十箱，送给谁？"

"这些细节你不必理会。"

"人类的贪念永无止境。"

阿利答得好："我满足你，你满足我，不亦乐乎。"

他的算盘精彩，往往叫杏友骇笑。

她身上的珠宝全部回来戴，耀眼生辉，天天不同，可是用毕即归还首饰店。

不过送给有关人士作为纪念的却毫不吝啬，颜色款式，全部一流。

颁奖那日下午，阿利同她说："你稳操胜券。"

杏友答："那多好。"

"为什么不见你兴奋？"

"得意事来，处之以淡。"

"你总是郁郁寡欢。"

"别理我。"

"我不理，还有谁理。"

杏友笑了，他的权威用不到她身上，他无奈。

他为她挑了一条桃红缎子极低胸大蓬裙，她无论如何不肯，只穿自己设计的半透明小小直身黑纱礼服。

"听我的话，杏子，你上台领奖需吸引目光。"

"我不需要那种目光。"

"固执的骡子。"

"彼此彼此。"

他取出首饰盒子。"戴上这个。"

盒子一打开,"哗!"杏子说。"如此伧俗。"

阿利发怒,"再说,再说我揍你。"

杏友连忙躲到一角。

这次所谓的金针奖并非欧洲大奖,可是见阿利花了这么多心血,她不忍拆穿。

没有一步登天的事,打好基础,慢慢来。

她趁一丝空档,独自出外溜达。

几个旅游热点与初次观光的感觉完全不同,冷眼看去,只觉陈旧、老套、因循。

露天茶座的咖啡递上来,半冷温暾,杏友没有喝,老怀疑杯子没洗干净。

她买了一支冰棒,在小皇宫门外轮候排队入内看塞尚画的苹果。

售票员估错年龄,对她说:"请出示学生证。"

杏友蓦然抬头,才发觉时光已逝,永不回头,她不再是从前那个庄杏友。

她退出队伍,回酒店去。

她发觉阿利在沙发上睡着了，这几天他也真够累的。

杏友过去坐在他身边，这小个子做起生意来天才横溢，充满灵感，什么时候落注，什么时候撤退，均胸有成竹，百发百中。

太精明的他无疑给人一点唯利是图的感觉，因此庸俗了。

世人都不喜欢劳碌的马大而属意悠闲的马利亚，可是若没有铢锱必计辛勤的当家人，生活怎能这样舒服。

这时阿利忽然惊醒，"哎呀，时间快到了，为什么不叫我。"

杏友梳妆完毕，启门出来，穿的正是阿利挑选的桃红色缎裙，毫无品味，却万分娇艳。

阿利心里高兴，嘴巴却不说出来。

在电梯里，男士们忍不住回头对杏友看了又看。

颁奖大会不算精彩，欧洲人最喜亲吻双颊，熟人与否，都吻个不已，杏友脸上的脂粉很快掉了一半。

她那件束腰裙子最适合站着不动，一不能上卫生间，二吃不下东西，整个晚上既渴又饿，因此有点不耐烦，可是年轻的她即使微愠，看上去仍然似一朵花。

阿利有点紧张，抱怨场面沉闷。

他完全是为她，与他自己无关。

杏友站起来。

"你去哪？"

"洗手。"

"快点回来。"

"知道了。"

她把手放在他的肩上，示意他镇静。

杏友牵起裙裾走到宴会厅外的小酒吧，叫了一杯威士忌，一饮而尽，再叫一个。

有人在她身边说："好酒量。"

杏友回过头去。

那是一个像舞男般的欧洲人，惯于搭讪。

"难怪你出来喝一杯，实在沉闷，听说几个大奖已全部内定。"

杏友微笑。

这时候阿利寻了出来，看见杏友，瞪那男子一眼，"快进去。"他催促她，"轮到你了。"

杏友挣脱他的手，这是他为她编排的一条路，但不是她要走的路。

在该刹那，她知道她永远不会爱他，可是她敬重他。

她不是知恩不报的人，故此不会让他知道她的不满。

两人重返会场，已经听到司仪宣布。

"金奖得主，是罗夫制衣的庄杏友小姐。"

她连忙展露笑容，小跑步那样抢上台去，桃红色裙子似飞跃的伞。

答谢辞一早准备妥当，且操练过多次，镁光灯闪闪生光，她得体地、半惊喜地接过沉重的水晶玻璃奖状，在掌声中顺利下台。

阿利兴奋到极点，"大功告成，杏子，恭喜你。"

杏友放下奖状走到洗手间。

酒气上涌，她用冷水敷一敷脸。

身边站着一个外国女人，染金发，深色发根出卖了她，眼角皱纹如鸟爪一般，正在补鲜红色唇膏。

她忽然说起话来："犹太人捧红你？"

杏友一怔。

"当心，犹太人付出一元，你还他一千，他还说你欠他一万。"

这是说阿利罗夫吗?

"我认识他们家，你别以为红运当头。"

杏友不禁好笑，拿一个这样的奖，也有人妒。

她说："太太，我想你是喝多了。"

什么年龄，做什么样的事。

人人都年轻过，趁少不更事之际多吃一点，多玩一点，多疯一点。

到了她这种岁数最适合陪孙儿上幼稚园，乐也融融，还当风立着喝干醋争风头干什么。

杏友不去理她，静静回到座位上。

忽然她伸手过去握住阿利的手。

她知道他对她是真心的，她代他不值。

"明日，我们先开记者招待会，然后，回请这班人。"

"什么，还有?"

"当然，一直长做长有。"

有人过来敬酒，不知怎的，杏友一一喝尽。

她空着肚子，很快喝醉。

先是坚持要到街上散步。

阿利扭不过她，只得陪她在湿滑的石板路上闲荡。

那样的夜，街角还有拉手风琴的街头音乐师讨钱。

她走过去。

"请你奏一首曲子。"

"小姐，你请吩咐。"

杏友抬起头想一想，只见一弯新月挂在天边，受回忆所累，她感觉悲怆。

"《直至海枯石烂》。"

少年搔搔头，"我不晓得这首歌。"

阿利丢下一张钞票，"我们回去吧。"他拉起女伴。

"不，你一定会，我哼给你听。"

但阿利已经拖着她走开。

他随即发觉她泪流满脸。

阿利罗夫终于忍不住了。

就在街头，他同她摊牌："杏子，我知道你有心事，但是这几年来你也算是名利双收，难道这一切都不足以补偿？"

杏友忽然痛哭，泪如雨下。

她狂叫："没有什么可以补偿一颗破碎的心！"

阿利气恼、失望、痛心。

他真想把她扔在街头。

但是刹那间他反而镇定下来，他愿意为她过千山涉万水。

他走近她，伸出手，温柔地说："过来。"

他紧紧搂着她，慢慢走回酒店去。

不知几时开始下雨，杏友的缎裙拖在石板街上早已泡汤。

他吻她额角，"你这疯子。"

他爱她，爱里没有缺点。

回到酒店，杏友脱下裙子，昏睡过去。

醒了浑然忘了昨夜之事。

杏友叫阿利看她腰间被腰封束得一轮一轮的皮肤。

"那种衣服像受刑。"

阿利凝视她，"你昨晚喝醉。"

杏友坚决地说："一定是高兴得昏了头。"

阿利颔首，"毫无疑问。"

"我想家。"

"今晚十二时乘飞机回去。"

"好极了。"

"来，杏子，给你看一样东西。"

杏友心惊肉跳，生怕又是一只小盒子，盒内载着一枚求婚指环。

他轻轻取出一个纸包，一层层打开，原来是一条针织羊毛大围巾。

杏友好奇，伸手过去抚摸，她吃惊了，"这是什么料子，如此轻柔？"

他将那张平平无奇的披肩搭在杏友肩上，杏友立刻觉得暖和。

"这是开司米抑或是维孔那羊毛？"

"都不是。"

阿利脱下一只指环，把围巾一角轻轻穿进去，像变魔术一样，整件约两尺乘八尺的披肩就这样被他拉着穿过一只戒指。

杏友张大了嘴，"哇。"

试想想，用这个料子做成针织服，何等轻柔舒服暖和，那真使设计人梦想成真。

"这到底是什么？"

阿利答："想一想。"

"呀，我记起来了。"

阿利点头，"我知道你一定听过。"

"不是早已绝迹了吗？"

阿利说："这双料子，叫谢吐许[1]，在印度近喜马拉雅高原有一种羚羊，它颈部的毛非常柔软，可以织成衣料，因为羊群濒临绝种，不准猎捕，同鳄鱼皮与象牙一样，会成为国际违禁品。"

"啊。"

"趁它还可以买卖，我打算加以利用，你说怎么样？"

"来价太贵。"

"贵买贵卖。"

---

[1] shahtoosh，发音来自波司语，意为羊绒之王。

"那么，只出产大围巾及披肩，越贵越使客人趋之若鹜。"

"对，告诉他们，迟些有钱也买不到。"

杏友忽然笑起来，"同客人说，披肩不用的时候，需放进密封塑胶袋收在冰箱里储藏。"

"咦，的确是好方法。"

他们大笑起来。

阿利看看她，庄杏友真的浑忘昨夜的事？

回到家中，他俩重新投入工作。

一日，收到张订单，杏友有点兴奋。

"阿利，看，希腊的马利香桃公主来订我们的出品当圣诞礼物。"

阿利嗤一声笑。

"咦？"

"这不是真公主，她本姓夏巴，是美国一间连锁当铺东主的女儿，十分富有，嫁妆二亿美元，故此有资格嫁给希腊流亡王孙康斯丹顿。"

杏友颓然，"拆穿了没意思。"

阿利笑，"可不是，蒙纳可格烈毛地家族不过是赌档老板。"

杏友颔首，"这的确是事实，而我，我是罗夫厂小伙计。"

"不，你是罗夫厂的灵魂。"

"你真的那样想？"

"从前，我们不过是中下价针织服制衣厂，大量生产，从你加入之后，我们的出品在时装店占一席位，是你的功劳。"

杏友泪盈于睫。

多少个不眠不休的晚上，伏案苦干。最近无辜还患上近视，开车需戴眼镜，都是后遗症。

"听安妮说，门市部生意也相当不错。"

"托赖，算是一帆风顺。"

阿利摊开双手，"杏友，你还有什么不足？"

杏友想了想，"你说得对，我心满意足。"

比起从前，她算是运交华盖了。

第一批披肩出来，她寄一件给庄国枢太太，获得她极大赞赏。

"杏友，下个月我路过你处，要是你愿意的话，九月十二日下午三时在华道夫酒店接待处见，你的朋友阿利亦在邀请之列。"

可是，杏友的梦中，从来没有阿利罗夫。

工作忙，用披肩不方便，她将披肩改作一件小背心，日夜穿着，像武侠小说中女主角穿来护身的软胄甲。

料子完全供不应求，客人轮候名单足有一年半长，每个名媛都想拥有一件，价钱抢高，杏子坞出品忽然成城内最著名的秘密，十分传奇。

九月是大都会一年内天气比较好的一个月。

杏友一早宣布十二号下午没有空，她需赴一个重要约会。

"见什么人？"

杏友不回答。

阿利十分坚持，这么些日子了，没有功劳也有苦劳，他有权追问私事，不必卖弄涵养风度。

杏友答："是一位伯母。"

"是你的亲戚？"他表示讶异。

"唯一关心我的长者。"

"我以为你没有亲人。"

杏友还有什么瞒着他?

杏友微笑,"许多年没见了。"

"你说你四年多未曾回去过。"

"可不是。"

"你放心,十二号下午,皇帝来也不会劳驾你。"

"谢谢。"

阿利发觉杏友脸上那种苍茫的神情又悄悄回来,当初他爱上这种凄美,今日,他却情愿它不要出现。

晚上,他母亲催他:"还不同杏子结婚?"

"彼此有太多历史。"

"坦白是最好的方式。"

"不,妈妈,我是说两个国家。"

"异族通婚已是很普通的事。"

"一样,她华人的瓜皮小帽同我们犹太人的礼帽相似。"

"讲得很对呀。"

阿利笑了,"怎么会相似呢?"

"那么你慢慢同她解释。"

"好好好,我试一试。"

九月十二号杏友一早准备妥当，去华道夫酒店探访庄太太。

她穿一套本厂出品的套装，略为装扮，早十分钟到。

在大堂内端坐像一个小学生，双手互握，有点紧张。

"杏友。"

杏友跳起来，一回头，看到熟悉和蔼的一张面孔，鼻子立刻酸了。

"杏友，你看你出落得多漂亮。"

庄太太一点也没有老，保养得真正好。

她俩紧紧拥抱。

"杏友，见到你真好。"

杏友拼命点头。

"杏友，来，陪我去一处地方。"

杏友纳罕，"你想买珠宝还是时装？"

"都不是，稍后你便明白。"

车子与司机一早在酒店门外等，庄太太有备而来。

"去何处？"

庄太太没有回答。

雍容富态的她一直紧紧握住杏友的手。

车子驶到目的地，杏友抬头一看，大为诧异，卡内基音乐厅。

庄太太见到她，不好好叙旧，把她带到这里来干什么？

她看她一看，庄太太仍然不出声，拉她下车，走进音乐厅。

古色古香的演奏厅刚集资装修过，厚厚地毯，簇新座椅，庄太太挑一个中间靠边的位子，示意杏友坐下。

演奏厅内约有三四十人，有家长，有学生。

这分明是一场试音考试。

只见有学生调校小提琴，弦声此起彼落。

杏友不知葫芦内卖什么药，只得耐心坐着，面带微笑。

老师上台了，咳嗽一声。

接着，钢琴师坐好，然后，杏友看到一个四五岁的小男孩抱着小提琴上来。

立刻引起观众小小一阵骚动。

杏友大奇，也忍不住笑，人那么小，琴更小，可是一本正经，煞有介事，有趣之至。

老师又咳嗽一下，大家静了下来。

小男孩站好，鞠躬，连杏友都大力鼓掌。

那小男孩开始演奏，杏友洗耳恭听，他分明是天才，把一首柴可夫斯基小提琴协奏曲拉得如行云流水，难得的是那样小小提琴，声音洪亮，感情充沛，许多成年人都做不到。

一曲既罢，掌声如雷。

小男孩面带微笑，一再鞠躬。

他有圆圆脸蛋，圆圆大眼，不知在什么地方见过。

庄太太在这个时候忽然轻轻说："我答应过你，他会得到最好的照顾。"

在该刹那，杏友僵住。

她的鼻梁正中如被人重拳击中，既酸痛，顿时冒出泪水。

她握紧座位扶手，想站起来，可是一点力气也无。

周元立，这孩子是周元立。

只见他下了台，立刻有一大班人簇拥着他，其中一名正是老好彭姑。

彭姑抱起他，有意无意往庄太太这边转过来，似要让杏友看清楚。

小元立正在顽皮，原来有音乐天才的他私底下不过是个活泼的五岁孩童，他拉着彭姑的耳朵在絮絮不知说些什么，彭姑咧着嘴笑了。

杏友已经泪流满面。

席中还有周夫人及她媳妇王庆芳，那周夫人把小元立接过去搂在身边，待他如珠如宝，不住抚摸他的小手，庄太太说得正确，周元立的确得到最好的照顾。

这时其他小朋友轮流上台表演。

庄太太低声说："这位大师只录取三名学生，看样子周元立会独占鳌头，周家啧啧称奇，不知这天分遗传自何人，他们家三代做生意，对乐器没有研究，可是现在已叫人全世界搜集名琴。"

杏友不出声。

她母亲，也就是小元立的外婆，对音乐甚有造诣，曾是乐团的一分子，拉中提琴。

她轻轻拭去泪水。

庄太太轻轻说："杏友，我们走吧，陪我吃晚饭。"

杏友低声："还没宣布结果。"

庄太太微笑，"一定会录取，你放心，周家已经给学校捐了十万美金。"

杏友低下头。

他们家作风一成不变，一贯如此。

庄太太拉拉她，杏友知道一定要听庄太太的话，否则，以后就没有这种机会了。

她俩悄悄离去。

走到大厅，后边有人叫她，"庄小姐。"

杏友一回头，原来是彭姑，她追了出来。

"庄小姐，看见你真好，我时时在外国时装杂志读到你的消息。"

杏友紧紧握住她的手，说不出话来。

庄太太说："我们还有约会。"

"是，是。"彭姑给杏友一只信封。

她回转礼堂去。

杏友上车，打开信封，原来是周元立的一张近照，小男孩活泼，大眼睛圆溜溜，长得有七分像杏友。

世上还是好人居多。

庄太太叹口气，"杏友，我也不知道做得对不对。"

连她也落下泪来。

杏友反而要安慰她，不住轻拍她手背。

两人都无心思吃饭，就此告别。

杏友一回到公寓就接到电话。

"庄小姐你快来染厂，他们把一只颜色做坏了。"

她立刻放下一切赶着去。

可不是，紫蓝染成灰蓝。

也奇怪，将错就错，该种颜色非常好看，似雨后刚刚天晴，阳光尚未照射的颜色。

杏友沉吟。

她终于说："我们就用这个颜色好了。"

染厂内气温高，她出了一身汗。

回到家，淋浴之际，才放声痛哭。

第二天，双眼肿得似核桃，只得戴着墨镜上班。

阿利看着她不出声。

中饭时分她揉着酸痛双眼。

阿利进来："当心哭瞎。"

"不怕,我本来是个亮眼瞎子。"

"杏友,我只想你快乐。"

"我并非不快乐。"

"可是,要你快乐也是太艰巨的事。"

"你又何必把我的快乐揽到你的身上呢。"

阿利坐下来,正想教训她几句,忽然看到案上有一只银相框,里头照片是一个可爱的小男孩,他大奇,"这是谁?"

杏友轻轻问:"你准备好了?"

阿利发怔。

"是我的孩子。"

阿利霍地站起来,"你有这么大的孩子?"

杏友微笑,"正是。"

"我不相信,他在什么地方?"

"他与父亲在一起。"

"我的天,为什么不早告诉我?"

"早告诉你怎么样?"

"去把他领回来呀。"

杏友真正深深感动。

"所有孩子都应同母亲一起。"

"不，阿利，他与父亲生活好得多。"

"为什么，因为物质享受高？"

杏友瞠目结舌，"你怎么知道？"

"猜也猜得到，我不是笨人。"

杏友黯然，"跟着我，叫油瓶，跟他们，是少主。"

"所以你自我牺牲掉。"

"你真好，阿利，你爱我，所以为我牺牲着，其他人只把我当不负责任的坏女人。"

"你管他人怎么。"

"我早已弃权。"

杏友把脸伏在桌子上。

"杏子。"他过来吻她的手，"我竟不知你吃过那样的苦，可怜的小女人，怎样挣扎到今日。"

杏友忍不住紧紧拥抱他。

真没想到他因此更加疼爱她，庄杏友何其幸运。

年底，她又搬了一次家。

这次搬到第五街可以斜看到公园的大单位里。

阿利说："现在是打官司的时候了，去，去把孩子告回来。"

杏友摇摇头。

"我同夏利逊谈过，他叫我们先结婚，再申请抚养权，有九成把握。"

"律师当然希望家家打官司。"

"杏友，要不完全放开，要不尽量争取。"

"我总得替小孩设想。"杏友别转面孔。

"至低限度，要求定期见面。"

"是，我也想那样。"

"我立刻叫夏利逊去信给周家。"

"可是——"

"别懦弱，我撑住你。"

杏友惨笑。

半晌她说："欠你那么多，只有来世做犬马相报。"

阿利微笑，"今生你也可以为我做许多事。"

158

杏友忽然狡黠道："先开个空头支票，大家心里好过。"

阿利见她还有心情调笑，甚觉放心，"全世界人都催我俩结婚，我实在没有颜面再拖下去。"

"是你教会我别理闲人说些什么。"

"可是这件事对我有益，我想结婚。"

他说得那样坦白，杏友笑了出来。

"来，别害怕，我答应你那只是一个小小的婚礼。"

"一千位宾客对罗夫家也是小宴会。"

"那么，旅行结婚，一个人也不通知。"

"妈妈会失望。"

"那是注定的了。"

"阿利，我真想马上与夏利逊谈谈。"

阿利见她转变话题，暗暗叹口气，知道今日已不宜重拾话题。

安妮进来，"庄小姐，看看这个模特儿的履历。"

杏友翻照片簿。

又是一个唐人娃，黑眼圈，厚刘海，名字索性叫中国，姓黄，客串过舞台剧花鼓歌的一个小角色。

杏友说："我在找一个国际性，真正不靠杂技可以站出来的模特儿。"

阿利抬起头来，"外头已经多次说你成名后不欲提携同胞。"

杏友答："那是我的自由。"

阿利耸耸肩，"好好好，恕我多嘴。"

杏友对安妮说："请黄小姐来一趟，嘱咐她别化妆，穿白T恤牛仔裤即可。"

那女孩下午就出现了。

长得秀媚可人，嘴唇与下巴线条尤其俏丽，比相片中浓妆艳抹不知好看多少。

"你真实姓名叫什么？"

"黄子扬。"

"好名字，从今起你就用本名吧，不用刻意扮中国人，试用期三个月。"

"谢谢庄小姐。"

杏友同安妮说："请安东尼来化淡妆，头发往后梳，让史提芳拍张定型照。"

说完之后，自己先吃惊，为什么？口气是如此不必要地权威，像一个老虔婆。

她躲到角落去，静静自我检讨，这简直是未老先衰，有什么必要学做慈禧。

转身出来之后，她的脸色祥和许多，也不再命令谁做些什么。

过两日夏利逊律师带了一位行家出来见他们。

那位女士是华裔，叫熊思颖，专门打离婚及抚养权官司，据说百战百胜，是位专家。

她一听杏友的情况，立刻拍案而起，"岂有此理，欺人太甚。"

杏友低头不语。

阿利紧紧握住她的手。

熊律师铁青着脸，"始乱终弃，又非法夺取婴儿，这户人家多行不义，碰到我，有得麻烦，庄小姐，那年你几岁？"

"十九岁。"

"果然被我猜到，你尚未成年，这场官司可把他们打得落花流水。"

"我——"

"一定是这样。"熊律师按住她的手,"对你有好处,可以争取抚养权。"

杏友苍茫地低下头。

阿利同律师说:"你看着办吧。"

熊律师颔首,"我一定替你讨还公道。"

杏友抬起头,想很久,没有说话。

此时在她身上,已完全看不出当年那受尽委屈穷女孩的影踪,举手投足,她都是一个受到尊重的专业人士。

想忘记丢下过去,也是时候了。

把旧疤疤重新揭起来有什么益处?

熊律师像是看清楚杏友的心事,在这要紧关头轻轻说:"是你的,该归你所有。"

杏友终于点点头。

这一封律师信对周家来,造成的杀伤力想必像一枚炸弹。

因为数天之后,对方已经主动同庄杏友联络。

先由庄太太打电话来,"杏友,这件事可否私底下解决?"

杏友不出声。

"杏友，周夫人想与你亲自谈一谈。"

"我不认识她。"

"杏友，这是我求你的时候了。"

"伯母，你同他们非亲非故，一直以来不过是生意往来，现在，你应站在我这边。"

"我何时不偏帮你？说到底，闹大了，大家没有好处，孩子首当其冲，左右为难，你把你的要求说出来，看看周氏有无方法做到。"

杏友吁出一口气。

"下星期一，周家司机会来接你。"

熊律师头一个反对，"你若去见她，我就难以办事。"

杏友不出声。

熊律师异常失望。

杏友没有赴约，周夫人却亲自到罗夫厂来找她。

下雨的黄昏，杏友正与阿利争拗。

"不要为省一点点料子而把纸样斜放，衣服洗了之后，会走样，缝线移到胸前，成何体统。"

阿利答:"庄小姐,通行都普遍省这三尺布,一万打你说省多少成本。"

"我是我,杏子坞。"

"你吹毛求疵,有几个人会洗开司米毛衣?"

"我。"

阿利举起双臂投降,"我真想与你拆伙。"

他走出办公室。

就在这时候,周荫堂夫人在门口出现。

她像一尊金身活佛似,世上已千年,人历尽沧桑,她却依然故我,保养得十全十美。

杏友一眼把她认出来,"请坐。"

"那我不客气了。"

"喝些什么呢?"

"纸包苹果汁就很好。"

"不不,我叫人替你沏茶。"

杏友叫安妮进来吩咐她几句。

周夫人微笑,"士别三日,刮目相看。"

杏友也微笑,"不只三日了。"

她立刻开门见山，"杏友，我收到你的律师信。"

杏友欠欠身，表示这是事实。

"杏友，为什么，你是要上演《基督山恩仇记》吗？"

杏友怔住，没想到她在必要时会那样幽默。

"有话好好说，你想要什么，可以告诉我。"

这时，雨势忽然转大，天空漆黑一片，雷声隆隆。

接着，电光霍霍，不住打转，像是探射灯在搜索大地，怪不得古时人们一直以为那是天兵天将要把罪人揪出来用雷劈杀。

果然，轰隆隆一声震耳欲聋的轰天雷，厂的灯光闪两闪，归于黑暗。

打断了电线。

因为尚有街灯，不至于伸手不见五指，可是杏友也觉得突兀，她轻轻站起来。

这时，杏友不由得不佩服周夫人，她完全无动于衷。

"杏友，我问你要什么？"

安妮敲门，"庄小姐，可需要蜡烛？"

周太太先转过头去，"不用，我们有事要谈。"

杏友轻轻开口："我想探访元立。"

在黑暗中她看不清楚周夫人的表情，上天帮了她的忙，那样她更方便说话。

"怎么样探访？"

"无限制探访。"

周夫人一口拒绝，"不可以，你自由进出，会影响元立情绪，妨碍他的生活及功课。"

"我是他的母亲。"

"不错，你是他的生母，但是多年前你已交出权力，因为你未能尽义务。"

"当年我没有能力。"

"在他出生之前你应当设想到这一点。"

杏友没有退缩，"我没有设想到的是有人会欺骗我，接着遗弃我。"

周夫人语塞。

隔一会见她说："杏友，你已名成利就，何苦还来争夺元立，犹太人对你不薄，不如忘记过去，重新组织家庭。"

"我只不过要求见他。"

"我可予你每月见元立一次，由我指定时间地点。"

杏友答："我不能接受。"

"两星期一次，这是我的底线，我可随时奉陪官司，我并不怕麻烦，我怕的只是叫五岁的元立出庭作证，会造成他终生的创伤，你若认是他生母，请为他着想，不要伤害他。"

杏友颓然。

这时，安妮推开门来，放下一盏露营用的大光灯，室内重见光明。

杏友抬起头，看见周夫人脸色铁青，握紧了拳头，如临大敌。

"杏友，你是个大忙人，两周一次探访，说不定你也抽不到空。"

"探访时间地点，无论如何由我做主。"

周太太忽然累了，"杏友，我不妨对你清心直说，我媳妇王庆芳不能怀孕，元立可能是我唯一孙儿，我纵使倾家荡产，也会与你周旋到底，我不会让他跟着犹太人生活。"

一向雍容的她此刻额角上青筋暴绽，面目有点狰狞。

杏友知道她自己的脸容也好不到哪里去。

"杏友，我俩当以元立为重。"

杏友静下来。

天边的雷声也渐渐隐退。

忽然之间她轻轻问："元立几时开始拉小提琴？"

他祖母的语气声调完全转变，"两岁半那年，看电视见大师伊萨佩尔文演奏，他说他也要拉，便立刻找师傅，凡乐章，听一次即会。"

"呵，天才生的压力也很大。"

"所以我们一直不对外界宣扬。"

"其他功课呢？"

"与一般幼稚园生相似，祖父在家中教他李白的《将进酒》，朗朗上口。"

"顽皮吗？"

"哎呀，顶级淘气，喜涂鸦，家中所有墙壁布满周元立大作，祖父吩咐不准抹掉，留下慢慢欣赏。"

杏友听着这些细节，眼泪慢慢流下脸颊。

"也许你不知道，我疼爱元立，远胜星芝及星祥。"

当中一个世纪已经过去了，这两个名字，遥远及陌生，但却改变了她一生。

"杏友，我们可有达成协议？"

杏友木无表情。

"杏友，犹太人办得到，我周家也可以试一试，你若想自立门户，尽管与我商量。"

杏友意外。

"别叫他控制你，我听行家说，你的名气比罗夫人。"

杏友低下头，"我心中有数。"

"杏友，告诉我一个肯定答案，别叫老人失眠。"

杏友答："我答应你撤回律师。"

周夫人松口气，"我代表元立感谢你。"

杏友忽然说："我想问你一个问题。"

"请问。"

"我一直不明白，周家已经那样富有，为什么还一定要与王家结亲，以图富贵？"

周夫人苦笑，"杏友，那一年周家投资失误，情势危急，不为人所知。"

杏友吁出一口气，"那么……"杏友问，"周星祥是为着爱家才同意与王小姐结婚？"

周夫人却摇头，"不，我不会要求子女牺牲他们幸福，一切属他自愿，王小姐妆奁丰厚，他可无后顾之忧，他一向喜欢花费，他父亲为此与他争拗多次，几乎逐出家门。"

杏友怔怔看着周夫人，原来如此。

周夫人轻轻说下去："星祥一生爱玩，女朋友极多，从不承担责任。"

杏友颔首，"我到现在才明白。"

"我需告辞了。"

"我送你。"

"这是我房内私人号码，你需见元立之时，可与我直接联络，我亲自安排。"

"谢谢你。"

"杏友。"周夫人终于说，"对不起。"

杏友惨笑，一直送她到大门口。

阿利走出来，在杏友身后看着周夫人上车。

这时，天仍然下着潇潇雨。

"老太太说服了你？"

杏友不出声。

"她口才一定很好。"

杏友双手抱在胸前，"是我自己懦弱。"

安妮出来："电线修好了。"

杏友转过头去，"各人还不下班？"

她与阿利晚饭，什么都吃不下，只喝酒宁神，一边静静听阿利诉苦，他在抱怨交大笔保护费的事。

可是那一点也不影响他的胃口，他吃得奇多，这两年他明显发福，却不想节制——"活着就是活着，必须吃饱。"

大家都变了很多，年纪越大，越无顾忌。

那天深夜，杏友醒来，不住饮泣，一生就这样过去了，她悲伤莫名，没有什么可以弥补一颗破碎的心。

天亮之后，她用冰冻茶包敷过眼睛，才敢出门。

与周元立第一次见面，本想安排在游乐场。

周夫人忠告："人太多，嘈杂，不是好地方。"

"那，你说呢？"

杏友忽然与她有商有量。

"真是头痛，去你家呢，陌生环境，会叫他感到突兀，必两个人都舒服才行。"

杏友颓然。

"不如到学琴老师那里去吧。"

"是，是，好，好，"杏友言听计从。

周夫人笑了。

如今，这女子已经成名，正受洋人抬捧，而且听说身家不少，世人对她的看法自不同，一个名利双收的奇女子，怎么会没承担没人格呢。

那天杏友一早就到了，她穿得十分整齐传统，内心忐忑。

彭姑已经在等她，招呼她："太太已经吩咐过，琴老师不介意我们借他的地方。"

杏友的胃里像是塞了一大团棉花，唇干舌燥，坐立不安。

彭姑斟杯蜜糖水给他，陪她说话。

"彭姑，你对我真好。"

忠仆彭姑却说："庄小姐，我不过是听差办事，是太太待你周到才是。"

杏友环顾四周，"琴老师是犹太人？"

"本是俄裔犹太，早已移民本国。"

杏友颔首，"流浪的犹太人。"

"我们也终于都安顿下来。"

杏友仍然紧张得不得了，"一会儿，我该说什么？"

"别害怕，你可以什么都不说，也可以问好，不用急，慢慢来。"

"他会怪我吗？"

"他只是个小孩。"

杏友泪盈于睫。

"也许会，也许不会，都是以后的事了。"

杏友的手簌簌地抖，她走到窗前去看风景，这时，琴老师的书房门打开，一个七八岁小女孩抱着小提琴走出来。

那女孩衣着考究，安琪儿般容貌，随着保姆离去。

杏友告诉自己，这里真是往来无白丁，没人过有教无类，交不起学费天才也是枉然。

小元立若是跟着她，头几年过的会是什么样的生活，不不，元立其实不是她的孩子，她不认识他。

窗下，一辆黑色房车停下来，司机下车开门，小小周元立由保姆陪着下了车子。

彭姑说:"来了。"

她转过头去,发觉庄杏友不知在什么时候已经离去。

"庄小姐,庄小姐。"

哪里还有人影,经过千辛万苦,她还是做了逃兵。

彭姑为之恻然。

这时,周元立已经咚咚咚走了上来,彭姑不得不迎上去招呼少主。

杏友自楼梯逃一般离去。

她心底无限凄惶,她有什么资格去与元立相认,当年她原可带着他走天涯,母子搂在一起熬过贫病,或是挨不过去,索性共赴黄泉。

杏友黯然回到办公室。

中午时分,职员都去吃饭了,倒显得空荡荡。

她没有开灯,轻轻走回自己的房间。

经过阿利的办公室,忽然听到女子轻浮的笑声。

"嘻嘻嘻嘻,你要怎么样都可以。"

接着,是阿利的声音:"代价如何?"

对方反试探，"你说呢？"

"你想要钱呢，还是出名？"

"两样都要。"

"那，你需要认真讨好我。"

"我可以保证你满意。"

无限春光，无限媚态。

杏友忽然决定把内心郁气出在这两个人的头上。

她用力拍门，"黄子扬，你给我出来。"

房间里静默了一会儿，然后，门打开了，黄子扬轻轻
出现在她面前，头发蓬松，妆也模糊了。

杏友扬声："安妮，安妮。"

安妮刚吃完午餐，立刻赶到她面前。

"安妮，把薪水照劳工法例算给黄小姐，即日解雇。"

"是，庄小姐。"

那黄子扬扁一扁嘴，十分不屑，"庄小姐，别装作高人
一等，你我不过是一般货色，只是比我早到一步，制衣业
还有许多好色的犹太人，我不愁没有出路。"

她不在乎地离去。

杏友沉默。

她回到办公室坐下，独自沉思。

讲得正确，通行都知道庄杏友是罗夫的华裔女子，他联合同胞不遗余力、不惜工本地捧红她。

这是应该分手的时候了。

她致电熊思颖律师。

她这样说："熊律师，上次委托的事告吹，十分抱歉。"

"没有关系。"

"有一件事想劳驾你。"

"我一定尽力而为。"

"我要与罗夫拆伙，你得帮我争取应得资产。"

熊律师吓一跳，半晌没作声。

"怎么样，你愿意吗？"

"好，我答应你。"

杏友笑说："拆伙比离婚略为简单。"

熊律师没想到她还有心情说笑。

杏友放下电话。

这并非她一时冲动，她深思熟虑，计划周详。

阿利罗夫在她面前出现。

"我只不过是逢场作戏。"

杏友不出声。

"看，杏子，我也是人，我也会寂寞。"

杏友用手托着头，"我的律师会同你说话。"

"什么，你说什么？我为你做了那么多，我简直是你的创造主，我自阴沟里将你抬起，捧你成为女神，你竟这样对我？"

他心里那样想，全世界也那样想，想证实自己的能力，唯有分手。

不成功的话，至多打回原形，她一向孑然一人，又无家累，怕什么。

这时才知道，把元立双手送给他人，确是唯一的办法。

阿利忽然问："你不是吃醋吧。"

杏友轻轻摇头，心平气和地："不。"

"你曾否爱过我。"

"不。"

"你纯粹利用我。"

"不，罗夫在这几年也有得益。"

"一点感情也无？"

"不，阿利，你是我最好的朋友，你对我仁至义尽，我将终身感激。"

"杏子，你想清楚了？"

"你改变许多，我也改变许多，名利使我们狰狞。"

阿利说："杏子，让我们各自回家，休息一夜，明朝回来再说话。"

整晚最有意思的是这句话。

杏友回家。

她一个人坐在露台喝酒，看着灿烂的万家灯火，只要能够住在这间公寓一日，她都不应再有抱怨。

她在露台上醉倒，昏睡一宵。

第二天醒来，冷得直打哆嗦，额角却滚烫，她病了。

杏友非常高兴，真好，可以名正言顺地躲起来，怪不得那么多人爱装病。

她蹒跚回到室内做热茶喝。

这时，门铃响了，那么早，是谁？

门外站着阿利的叔父约瑟罗夫，杏友连忙开门。

老犹太人一进门便说："阿利在我家哭诉整夜。"

杏友不禁好笑，"他真幸运，我只得一个人发闷。"

"真的要分手？这傻子白做五年工夫，一直没有得到你。"

杏友斟一大杯黑咖啡给他。

"杏子，其实你个子不小，长得比阿利还高，但不知怎的，他老觉得你楚楚可怜，想尽办法要保护你。"

杏友不出声。

"我知道这件事已经无法挽回。"

约瑟是智慧老人，目光准确。

杏友问："对我，你有什么忠告？"

"学好法文及意大利文，多往欧洲参观展览，注意市场需要。"

"谢谢你。"

约瑟站起来。

杏友意外，"你走了？"

"你还有话说？"

杏友奇问："不准备责备我？"

"男女之间缘来缘尽，各有对错，旁人如何插嘴？"

杏友微笑，心中好不感激。

"杏子，将来有事请你帮忙的话，切勿推搪。"

庄杏友收敛了笑容，"我一定效力。"

他走了，心中窃喜，他一直不赞成阿利同异乡女往来。

杏友突感脱力，她觉得视觉模糊，一跤坐倒在地。

杏友害怕，她独居，有什么事叫天不应叫地不灵，她立刻拨电话叫医生前来。医生赶到时她喘息地去启门。

"我看不清事物。"

"先坐下，让我做初步检查。"

杏友乖乖平躺。

医生替她详细检查。

"什么事，可是脑生肿瘤？"

医生坐下来，"有坏消息，也有好消息。"

"先说坏消息。"

"你双目的视网膜脱落，所以视力不清。"

杏友耳畔嗡的一声，惨叫起来："我可是变了盲人？"

"好消息是，今日医生已可以用激光修补薄膜，你不致失明。"

杏友松下一口气。

"视网膜剥落因素众多，你以后要小心用眼，切勿过度劳累，我现在立刻替你办入院手续。"

杏友长叹一声，上天似还嫌惩罚得她不够。

当晚，阿利来探望她。

杏友听得有脚步声走近，睁大双眼，只见到模糊人形。

阿利探她，"可是你要离开我的，并非我嫌弃你是失明人士。"

杏友既好气又好笑。

"即使你一辈子不能视物，我一样爱你。"

不知怎的，杏友相信这是真话。

"几时做手术？"

"稍后。"

"成功率几乎是百分百，你不必担心。"

"我知道。"

"熊律师已与我接触，她说你要求很简单，只想得到杏子坞。"

"是。"

"那又何必叫律师来开仗。"

"我还要罗夫厂历年利润的百分之十五呢。"

"我立刻可以答应你，那本是你应得的红利。"

杏友松口气，这些资本已经足够她出去打江山了。

"杏子，你在外头做得不高兴，可随时回来归队。"

"谢谢你。"

他站起来说："我走了。"

杏友意识到，"有人在外头等你？"

"是。"

"黄小姐？"

"不，我表妹波榭。"

原来如此，"我愿意帮新娘设计礼服。"

阿利还是赌气了，"谁稀罕。"

他才走到门口，杏友已经听见有人迎上去与他絮絮细语。

真快，你一走，人就抢上来坐下，席无虚设，好像不过是二十四小时之前的事，嘴巴一边挽留，手臂却已钓住新女伴。

千万别戏言说要走，话才脱口，对方已经开欢送会恭阁下前程似锦。

看护进来替她检查，注射。

"别揉动双目，医生一会就来。"

又沦为孤寂的一个人了。

以往，在最危急之际，总有人来救她，虽然也付出高昂代价，但终于渡过难关，今日却需她孤身熬过。

医生进来，"你想接受全身麻醉？"

"是，我不欲眼睁睁看着激光刺到跟前。"

"鼓起勇气，不要害怕。"

杏友忽然把心一横，"好，我听你话。"

"手术过程并不复杂。"医生说，"我担心的是你肺部感染，又有高烧，需住院数日。"

下午，手术做妥，杏友回到病房，双目用纱布蒙住保护，医生不想她耗神。

杏友昏昏睡去。

半晌醒来，也不知是日是夜，只觉有人轻轻同她说："庄小姐，有人来看你，你可愿意见她。"

杏友声音沙哑，"谁？"

"一位周太太。"

杏友挣扎着撑起，"马上请她进来。"

周太太脚步声传来。

"医生说手术成功。"声音中充满笑意。

"劳驾你来看我，愧不敢当。"

"前日你为何爽约？"

杏友呆半晌，据实："我没有面目见元立。"

"胡说，一个人，为着存活，当其时只能做到那样，不够好，又能怎样。"

杏友没想到周太太反而帮她说话，她维持缄默。

真好，蒙着双眼，流泪亦看不见。

"我带了一个人来看你。"

杏友有点纳罕，"谁？"

又有访客自外头走进来，一直到她床边停止。

是彭姑的声音："庄小姐。"

杏友连忙握住她的手。

忽然之间，发觉那不是彭姑的手，这只手小小的，但是也相当有力，摇两摇，童稚的声音说："你好，阿姨，我是元立。"

杏友这一惊非同小可，突然松手，仰起头发呆。

元立，元立来了。

只听得周太太："元立，你陪阿姨说一会儿话可好？"

元立愉快的回答："好呀。"

两位女士走到另一角落去坐下。

杏友发觉她双手簌簌地在发抖，连忙藏到毯子下去。

勉强镇定，她问元立："功课怎样，最喜欢哪一科目？"

那小孩子反问："科目是什么？"

"算术、英文、音乐、体育。"

"体育，我会跳绳、游泳、溜冰。"

杏友微笑，"那多能干。"

"你呢？"小元问，"你喜欢做什么。"

"我喜欢绘画。"

"你画得可好？"

"还不赖。"

小小孩儿忽然悄悄问："告诉我，蒙眼阿姨，画怎样才可以挂在博物馆里？"

杏友忍不住笑，"那你先要成为一个著名的画家。"

"怎么才可著名？"问题多多，且不含糊。

"你需要非常用功，做得非常好，以及非常幸运。"

小元立居然说："你讲得对。"

杏友畅快地笑出来，这孩子的声音清脆可爱，百听不厌，天天与他笑语相处，简直延年益寿，长生不老。

他又关怀地问："你的眼睛没有事吧？"

"很快就复原，别为我担心。"

"那好，我得去上学了。"

"元立，很高兴见到你。"

"我也是。"

"记得勤练小提琴。"

"我最讨厌练琴。"

"不练不得纯熟，隔生有什么好听？非勤练不可。"

彭姑的声音："元立，听到没有？"

他老气横秋地说："是是是。"

由彭姑领着走了。

周太太过来笑说:"真巧,这次你看不见他。"

"下次纱布除下,就可以见面。"

周太太忽然说:"多谢把元立交给我,在这之前,周家没有欢笑声。"

叫她说出这样的话来也真不容易。

"我一直过着寂寞的生活,孩子大了,不听话,亦不体贴,丈夫忙做生意,得意的时候很少回家,人一出现必定是不景气,满腹牢骚,要求岳家帮忙。"

几句话便道尽了她的一生。

"我也想过做工作做事业,没有本事,徒呼荷荷。"

杏友吃惊,真没想到权威风光背后,会是一幅这样的图画。

周太太叹息一声,"我还有约,先走一步。"

"我不能送你。"

"不妨,你好好休息,想见元立,随时联络我。"

杏友随即醒悟,这是周夫人的怀柔政策;诉点苦经,缩近距离,带元立来探访,给些甜头,好笼络她,希望以后再也别收到律师信。

因为坦诚相告，她的每一句都是真话，杏友还是感动了，如果再同周太太争周元立，那简直不是人。

多厉害。

看护进来检查病人。

她诧异，"哭过了？医生怎么说，叫你多休息，别淌眼抹泪，才对眼睛有益。"

"我几时出院？"

"明日吧。"

"为什么要那么久？"

看护笑答："因为是最新手术，主诊医生想叫习生来实地观察病例。"

"我得收取参观费。"

"庄小姐真会说笑。"

下午，安妮来了。

杏友闻到花香，她缩缩鼻子，"栀子花。"

"正是，庄小姐好聪明。"

杏友苦笑，"视觉衰退，只得以嗅觉补够。"

"庄小姐别担心。"

"安妮，你会否舍罗夫跟我到杏子坞？"

安妮大大吁出一口气，"我以为你不肯用我，我足有两日两夜寝食难安，大家都知道我跟你那么久，你若不要我，即证明我无用。"

杏友笑，"我应早些同你说。"

"今日也不迟。"

"有你帮我，当可成功。"

"庄小姐太客气了。"

隔一会儿，杏友试探地问："那日开除黄子扬，你可觉得过分？"

不料安妮答："一发觉她是瘾君子，当然要即时辞退，否则日后不知道多麻烦。"

杏友倒是一愣。

"公司还有点事，我先走了。"

"你怎么知道黄子扬有毒癖？"

"有人见她注射。"

庄杏友却不知道，她叫她走，不是为着那个。

安妮去，杏友心中好过些。

看护随口问："看电视吗？"

杏友笑答："看，为什么不看。"

电视播放一套旧片，叫《金玉盟》，杏友已看过多次，听对白便知剧情，十分老套温馨动人，男女主角都是不用工作的浪荡子，专心恋爱，直至天荒地老。

工作是感情生活的大敌，一想到明朝还要同老板或客户开会，还有什么心思跳舞至天明。

她换一个电视台。

忽然听得有女声唱："直至河水逆流而上，直至年轻世界不再梦想，直至彼时我仍然爱慕你，你是我存活的理由，我所拥有都愿奉献……"

杏友呆半晌，按熄电视。

这时，她发觉室内有人。

虽然看不见，可是感觉得到。

她抬起头，"谁？"

那人动了一动，没有回答。

"阿利，是你吗？"

那人没有回答，不，不是阿利。

"到底是谁？"

杏友十分警惕，她取过警钟想按下去。

那人终于说话了，"杏友，是我。"

隔了悠长岁月，隔着那么多眼泪，她仍然认得这个声音。

她侧着耳朵不语。

对方也知道她立刻认出了他。

"没征求你的同意就来了。"

杏友发呆，坐在床上一动不动。

"元立说你看不见，我倒是有点心急，后来同医生谈过，知道你很快会康复。"

一点不错，是周星祥。

杏友不知盼望过多少次可以再次听到他的声音，经过千万次失望，已经放弃，没想到今日声音再出现。

并不是她疑心生暗影，他真的就坐在她身边。

"元立同你长得很像，可惜这次你看不见他。"

杏友忽然想说：不要紧，我本来就是个有眼无珠的睁眼瞎子。

可是话没说出口，多年委屈，岂是一两句讽刺语可以讨回公道。

杏友本有一千个一万个问题想问周君，可是事到如今，知道答案，也于事无补，索性把疑团沉归海底。

她不发一言，眼前一片黑暗，使她心如止水。

周星祥的语气似当什么都没有发生过，好像他与杏友话别，回家，就昏睡到今日才醒来，一切与他无关，他担不上任何关系，不负任何责任。

太可怕了，天下竟有这样的人。

"我一直都很挂念你，但家母告诉我，你愿意分手，换取一笔生活及教育费用。"

是这样一回事吗？好像是，庄杏友已经记不清楚。

"我与庆芳的婚姻并不愉快，她从来不了解我，一年倒有六个月住在娘家，二人关系名存实亡。"

杏友忽然有点累，她躺回枕头上。

"你不想说话？"

杏友没有回答。

"你仍在气头上？"

杏友大惑不解，这人到底是谁，站在她面前攀谈。

这个人完全没有血肉，亦无感情，他根本从未试过有一天活在真实的世界里。

她当年错爱了他。

杏友心底无比荒凉，更加不发一言。

这时周星祥起了疑心，"杏友，你可听得见？"

杏友动也不动。

同事们的花篮一只只送上来，杏友喜悦地轻轻抚摸花瓣。

终于周星祥说："我告辞了。"

他轻轻离去。

杏友起床，走到他刚才的位置，坐在安乐椅上，坐垫还有点暖，证明周星祥的确来过。

不过已经不要紧，她挣扎多年，终于学会没有他也存活下来，一切欺骗成为她不得不接受的锻炼。

看护进来，"咦，有礼物给你呢，想不想看？"

杏友没好气，"可以拆纱布了吗，为什么不早些做？"

"庄小姐，你不像是对护理人员发脾气的人。"

"为什么不像，我没血性？"

看护笑嘻嘻，"成功人士应比普通人豁达明理。"

杏友答："我不知多失败。"

看护请医生过来，二人异口同声："让我们分享你这种失败。"

万幸杏友的视线清晰如昔。

她唤安妮来接她出去，一边收拾杂物。

一只考究的丝绒盒子就在茶几上。

一定是周星祥带来的，他在家顺手牵羊，随便把哪位女眷的头面首饰取来送人。

杏友打开盒子一看，只见是两把精致的玳瑁插梳，梳子上镶着银制二十年代新艺术图案，盒子边有制造商名字：莱俪。

杏友盖上盒子，并没有感慨万千，这是周星祥千年不变的伎俩，她现在完完全全明白了。

有人进来。

"看不看得见有几只手指？"

阿利伸出手掌在杏友面前乱晃。

杏友笑说："十二只。"

"安妮走不开，我来接你回家。"

"劳驾你了。"

阿利忽然转过头来，狰狞地说："我应该一早占有你。"

杏友哈哈大笑，"谢谢你的恭维。"

"我们算不算和平分手？"

"当然，对你的慷慨大方疏爽，我感恩不尽。"

杏友又会开口说话了，与阿利对谈，毫无顾忌困难。

那天晚上，她做了一个梦。

梦见自己仍然是少女，白衬衫，大蓬裙，自学校返家，才打开门，迎面碰见周星祥。

她惊喜交集地说："星祥，我一直找你，原来你却在家里等我。"

周星祥笑嘻嘻，"你是庄小姐？"

"星祥，别开玩笑，元立正哭泣，还不快去哄他。"

梦到这里醒了，杏友出了一身油腻的冷汗，无论如何无法安睡，只得起身淋浴。

身形比从前壮实得多，再也穿不下四号衣，连鞋子都改穿七码，再不加以控制，就会变女泰山。

天亮，她回到门店，帮安妮点存货，去罗夫处取制成品的时候，经过冒白烟的街道，看到卖甜圈饼小贩，却又忍不住买了两只往嘴里塞，唇上沾满白糖粉。

看，这就是几乎名满天下的时装设计师，不事事亲力亲为，如何担当得起盛名。

庄杏友的故事说到这，忽然中断。

直至海枯石烂

叁·

我有无告诉过你，

终其一生在嫣红紫花丛中穿梭的蝴蝶，

原属色盲？

我如常到她那实施简约主义的家去，充满期待，预备把故事写下去，管家却告诉我，庄小姐进了医院。

"什么？"

"庄小姐这次回来，就是为着诊治，她没同你说？"

完全没有。

我立刻逼管家把院址告诉我。

管家微笑，"你明早来吧，第二天清早她出院。"

那一日我忐忑不安，碰巧日本人问候，我同山口这样诉苦："至亲患病，情况严重，担心得寝食难安。"

山口问："是什么人？"

"姑母。"

"因为你像她？"

"你怎么知道？"

"许多侄女都似姑妈。"

"没想到日本人也聪明起来。"

"几时亲身来考察我们。"

"山口，你可信山盟海誓。"

"永不。"

"为什么？"

"无可能做到的事，等于欺骗。"

我沉默。

"你的想法也与我相同吧。"

我问："直至海枯石烂呢？"

山口困惑，"那真是好长的一段日子，我不知道，现代人不大会想这种问题吧。"

"整个身体找不到一个浪漫细胞。"

他笑了，"天天问候一个从未见过面的女同事，与她谈海枯石烂的问题，已经十分浪漫。"

是吗？当事人却不觉得。

第二天清晨赶到庄家去，很少这样早外出，空气清新得很，才停好车，管家已经笑着启门。

"庄小姐，请进来。"

姑母坐在窗畔，还不错，便服、头发盘在头顶，用两把精致玲珑的插梳作装饰。

"昨天你来过？"

"请问身体有何不妥？"

她略为迟疑。

"是眼睛吗？"

"不，"她终于说，"是淋巴癌，同家母一样。"

我睁大双眼，呆在那里，心中突感痛楚。

她反而要安慰我："今日医学昌明，比从前进步。"

"是，是，"我连忙忍下眼泪，"请继续说你的故事。"

"你还想知道什么？"

"许多许多事。"

"像什么？"她微笑。

"周元立最终有否成为小提琴家？"

"他十三岁那年赢取过柏格尼尼奖章。"

"然后呢？"

"十八岁自法律系毕业，一直帮他祖父打理生意。"

"他今年多大？"

"同你差不多年纪，二十五六岁。"

我失笑，"我哪里还有机会做妙龄女郎。"

这时杏友姑母别转头去拿茶杯，我"呀"地喊了一声，就是这一对发梳，这是那人送给她的礼物。

她见我目不转睛，顺手取下，"送给你。"

"可是，这是值得珍惜的礼物。"

"友情才最珍贵。"

"太名贵了，我不知是否应当拒绝。"

"大人给你，你就收下好了。"

她替我别在耳畔。

我问："你与元立亲厚吗？"

她点头，"我俩无话不说。"

"他父亲呢，他的结局如何？"

杏友姑妈忽然问："你会给他一个什么样的结局？"

我一怔，"我不知道。"

"你是小说家，你替他做出安排。"

"但他是一个真人。"

姑妈笑了，"他是真人？他从来不是真人。"

我搔搔头，姑妈的措辞有点玄，我需要时间消化。

"那么……"我蹲在她面前问个不休，"你以后有无遇到合适的人？"

姑妈抬头想一想，"我分别到翡冷翠及巴黎住过一年，学习语言。"

我面孔上布满问号。

"曾经碰到过一个人。"

"是位男爵！"

"不不不。"她笑不可抑，"只是个普通的会计人员。"

啊，任何写小说的人都会失望，"你俩有什么发展？"

她摇摇头，"他至今还是我公司的会计。"

我不置信，"庄杏友的遭遇为什么日趋平淡？"

她也忽然纳罕起来，"给你一说，我倒也不禁有点失望。"

我真爱煞这位姑母，与她说话，永不觉倦，时间过得飞快，往往逗留五个小时而不自觉。

她家里往往有最香的花，最醇的酒，最美味的食肴以及学不完的秘诀。

像有一次我问她："香槟佐什么菜式最适宜？"

她大吃一惊，"香槟就是香槟，怎么可以用来送饭，暴殄天物，我一向只净饮。"

那日下午告辞，管家送我到门口。

她忽然说："庄小姐，恕我冒昧多言。"

我转过头来，"你太客气了。"

"庄小姐，你姑妈的病情比你看到的严重。"

我垂头，"我也猜到。"

"她需要休息。"

"我明白，以后她不叫我来，我不会自动出现。"

"请原谅我的直言。"

我看看这忠仆，"请问，彭姑是你什么人？"

管家意外，"庄小姐认识我姑妈？"

"我听说过她。"

我嗒然返家。

母亲看看我，"自修，你这阵子情绪上起落很大。"

"妈妈，你与杏友姑妈可是同一辈人。"

"讲得不错。"

"你嫁给父亲之后，生活堪称平稳舒适，无风无浪。"

母亲转过头来，似笑非笑看看我，"今天替妈妈算命？"

"为什么有些女子遭遇良多，最终成为传奇，而有些女子却可静静享受不为人知的幸福满足？"

"因为我们安分守己。"

"不，妈妈，还有其他因素。"

母亲抬起头想一想，"是因为命运安排。"

"对。"我赞同，"当初，一个个都是小女婴，受父母钟爱——"

母亲微微笑，"笔耕那么些年，口角仍然如此天真，不知是否用来吸引更加童稚的读者。"

《圣经》上说的，先知在本家，永远不获信赖，就是这个意思。

母亲说下去："每个孩子都受大人钟爱？一出生就注定好运厄运了。"

"的确是，你就比杏友姑妈好运。"

"怎么可以那样讲，杏友名满天下，岂是我们家庭主妇能比万一。"

"她始终遗憾。"

"我肯定她有她的快活满足，只不过最近她身体不大好，所以心情略差。"

已经有记者朋友前来探路，"你认识庄杏友？介绍我们做一篇访问。"

"不方便。"

"咄，是否看不起中文传媒？"

"别多心，我也是写中文的人。"

"如是新闻周刊，生活杂志，一定即获接见。"

"你别随便加以猜测，根本是我没有资格做中间人。"

"真的？"她一诉起苦来不可收拾，"我们这种本地姜，每期才销十万八万册，总共只得一个城市的读者，比不上世界性、国际性的刊物。"

"你有完没完，牢骚苦水直喷。"

"所以，凡有本事的人一定要离了这里飞上枝头，拿护照，讲英文，与西洋人合作，否则，获东洋人青睐，也聊胜于无。"

我没好气，"义和团来了，义和团来了。"

"介绍庄杏友给我。"

"她是极低调的一个人，没有新闻价值。"

"你错了，你没有新闻触觉才真，听说她的成功，主要因素是擅长利用男人做垫脚石。"

"一定会有人这样诬告任何一个女名人。"

"不然，一个华裔女，如何攀爬到今日地步？"

"凭力气。"

"我也有蛮力。"

"这位姑奶奶，我不想与你再谈下去。"

"举手之劳，都不愿效力，你这种人，天诛地灭。"

人心不知几时，已变得如此暴戾。

不过从中也可以得到教训：如有可能，最好不要与行家牵涉到共事以外的关系，工作归工作，娱乐是娱乐。

山口死心不息，仍然游说我出面宣传。

"我有一个假设，你且听听是否可行。"

"请讲。"

"我想替你拍一辑宣传照。"

"山口，我说过不协助宣传，贵出版社应该用更多时间精力来干实务，不必一直动脑筋耍花招。"

"任何商品都需宣传推广。"

我叹口气，"我们之间意见有很大分歧。"

"我可以做得十分有品位。"

"怎样做？"

"假设你是一个冰曲棍球手——"

"我不会该种剧烈运动。"

"不要紧，只是拍硬照。"

我不出声，且听他胡扯。

"开头的第一张照片，你全副武装，面罩下看不清是男是女，然后，你逐样装配除下：护颈、护胸、护肩、护膝……"

我不相信双耳。

"最终脱下面罩，露出真面目，原来是华文作家庄自修。"

我一生尚未受过比这更大凌辱，却很平静地问："为什么要跳脱衣舞？"

"收取震撼感，换取畅售量。"

"可是同宣传少年歌星一样?"

"是呀,你说得很对。"

"我以为你们尊重写作人。"

"所以才策划这样庞大的宣传方针。"

"我决定换出版社。"

山口明笑了,"你尚未起步,不宜跳槽。"

"那我愿意放弃整个海外计划。"

"很多人会替你可惜。"

"再见。"

挂上电话,连自己都觉得功亏一篑,十分遗憾,可是每个人都一个底线,我的忍耐力十分疏浅,一下子沉不住气炸起来,绝非将才。

杏友姑妈叫我:"来喝下午茶,我介绍一个人给你认识。"

我正气闷,欣然赴会。

到了她那里,喝过一碗二十菊茶,心头气愤略为平静下来。

姑母端详我,"自修,为何一脸愤怒,十分伤身。"

我摸着自己面孔,"看得出来吗?"

"你何尝有加以掩饰。"

"唉，还以为已经炉火纯青，处变不惊。"

我只得把刚才的事说一遍。

"怪不得有至理名言曰人到无求品自高，我有所求，就遭东洋人乘虚越洋侮辱。"

姑母说："这人对你的事业会有很大帮助。"

"他也如此夸口。"

"那么，或者，大家可以忍让，达成协议。"

"姑妈，你有什么忠告？"

"我那一套，颇不合时宜了。"

"姑妈你别推搪我。"

杏友姑妈笑，"你那行非常偏激，数千人争生活、各出奇谋，其中排挤倾轧，可猜想大概，有人愿助一臂之力，需好好抓紧。"

我呆在原地，这番话好比醍醐灌顶。

她说下去："二十五岁之后，是专心贯注努力的时候了，还发脾气耍性格，一下子蹉跎，就被后来的人赶上，那时后悔莫及。"

我听得背脊凉飕飕。

"时间飞逝，叫我们哭笑不得，你要是想做出名堂来，就得做出迁就，否则，你爸也可以养活你一辈子。"

啊，从来没有人同我说过这样的肺腑之言。

我愣在那里。

"看，说中你心事了。"

我握着姑母的手，轻轻摇几下。

"况且，你也并非十分讨厌这个日本人。"

"咄，此人如此猥琐。"

"可是你愿意天天听他的电话。"

"其人非常有趣，能为我解闷。"

姑妈笑了，被她说中，算是另类感情。

"这样吧，叫他亲自来见你。"

"什么？"

姑妈笑，"可是怯场？"

我也不知道，也许是怕彼此失望。

正想分析这种情绪，姑妈忽然抬起头来，"啊。"她说，"元立，你来了。"

我笑着转过头去，内心充满好奇。

"我替你介绍，这是你表姐庄自修。"

我看到了周元立。

他高大英俊，浑身散发着一股书卷味，长发，便服，一手拿着一束黄玫瑰，正过去与母亲拥抱，听得她介绍人客，百忙中与我点头。

他是我见过所有男子里最好看的一个。

虽然第一次见面，却像是认识了一辈子，我正在亲笔写他的故事。

他向我招呼："自修你好。"

他把花插在水晶玻璃瓶中，坐下来，握着母亲的手，同我说："多谢你时时来陪我母亲。"

任何女孩子都会希望她是收花人。

我张开嘴，又合拢，不知说些什么才好。

姑妈说："我要服药休息，你们两人谈谈。"

噫，庄自修不是没有见过世面的人，因职业关系，演艺界的英俊男生不知见过凡几，可是从来没有人像周元立那样吸引人。

他笑笑说："原来，你是我表姐。"

"是。"我咳嗽一声。

"如何算法？"

我呻吟："有点复杂。"

他拨起手指来，"我的外公与你的祖父是兄弟。"

我说道："正确，于是我父亲与你母亲是表兄妹。"

"所以你们两位都是庄小姐，我是你表弟。"

"没有错。"

眼有点忧郁的他笑容却带有金光。

我端详他，"你头发那样长。"

他笑着反问："怎么样？"

"做律师可以如此不修边幅？"

"帮爷爷无所谓。"

"真幸运。"

"你呢？"他看看我，"你是读书还是做事？"

"做事已有多年。"

"做什么工作？"

"我是一个写作人。"

他扬起一条眉毛，"作家，真的？"

我笑，"千真万确。"

"你是为生活那种，还是严肃作家？"

"生活是最最严肃的一回事。"

"庄自修，你用什么笔名写稿？"

我顾左右言他，"英国人也叫笔之名，或是假名，法国人则叫羽之名，因为古时用鹅毛做笔，可知全世界都有笔名。"

"为什么写作人有笔名制度？"

我也很困惑，"我不知道，而做生意则讲真名实姓，真材实料。"

"可能是怕久不成名，你可出名？"

我笑答，"有些人不喜阅读，连《红楼梦》都失之交臂。"

"即使再无知，亦应知道李白与莎士比亚。"

"很少人可以做到那个不朽的层次。"

周元立满眼都是笑意，"对不起。"

"亦没有几个医生是路易柏斯特，或是建筑师似米斯凡特路与法兰莱怀特。"

"然则你找得到生活？"

"是。"

"那已经足够好。"

我提高声音，"谢谢你。"

管家进来，诧异问："元立，你与庄小姐吵架？"

周元立答："我才不敢。"

管家说："庄小姐，元立是辩证狂，十岁前后每天问一万次为什么，我们被他搞得头昏脑涨。"

元立笑，"自修，我与你到花园走走。"

他陪我参观，"这是母亲喜欢的蔷薇架，那边是紫藤。"

"她喜欢攀藤植物。"

"她只是喜欢累累满墙的花串，不像玫瑰或郁金香，只生地上齐膝高。"

"花架下小坐，意境佳妙，"我感慨，"有一位朋友说过，住在水门汀森林某大厦十六楼小单位里，怎么写小说？"

"写钢骨水泥式小说。"

"周元立，"我看看他，"你终生锦衣美食，你懂得什么？"

他别转头去，正当我以为他下不了台，他却说："母亲病势严重。"

"我也知道。"

"我生活中蒙着一层阴影。"

"可是她本身处理得很好。"

"有时深夜她也会惊醒,悸怖地喊:哎呀,这样就已经一生。"

我为之恻然。

这时管家出来叫我们:"庄小姐,请进来。"

杏友姑妈与我们一起吃茶点,看得出已经有点累,精神略为恍惚。

我知道不宜久留,依恋地告辞。

周元立送我到门口,把一瓶香槟连银冰桶交我手中,"别浪费,回去喝光它。"

"你自己喝吧。"

"我待会还要工作。"

"我也是。"

"你工作性质不同,试想想,柯罗烈治抽了鸦片竟写出忽必烈汗那样的好诗。"

我没好气,接过香槟离去。

一路上周元立的音形不住出现在我面前，在红绿灯前我不禁伏在驾驶盘上哎呀一声，小心小心，一直安排剧中主角如何邂逅恋爱分手的人，切勿大意，需提高警觉。

走进书房，第一次主动与山口联络，发出电子邮件："愿意见面，不反对的话速复。"

我靠在沙发上睡着了。

做了一个短暂的梦，看见周元立轻轻问："我是你在等待的那个人吧？"

我看看他，"我不知道，我希望伴侣经济实惠，与我共同进退，在事业上可帮我一把。"

"你看天际。"

我抬头看去，只见宝蓝似丝绒般苍穹中繁星点点，闪烁不已，蔚为奇观。

"看，自修，这是各行各业中的明星，多一颗少一颗有何分别。"

忽然之间，北方其中一颗蓦然滑下，拖着长长尾巴，"流星！"

"何用恋恋事业。"

我不由得感慨，"是，元立，我明白你的意思。"

耳畔一阵铃声，梦醒了。

谁，谁按铃？

我挣扎着起来，唉，早三五年才不会这样麻烦，那时三秒钟之内可以完全清醒过来。

我在对讲机前问："谁？"

"周星祥找庄自修小姐。"

我沉默半晌，"谁？"不相信耳朵。

"周星祥。"对方声音低沉而自信，但有一丝焦虑。

"我就是庄自修，我马上下来。"

我掬一把冷水洗脸，抓起锁匙就跑下楼去。

一到停车场便看到辆黑色房车，我站定，吸一口气。

立刻有人推开车门下来，"庄小姐，你好。"

啊，这便是使杏友姑妈终身带着一个伤口生活的人。

鬓角已经微白，身段仍然不错，对人天生一片殷勤，谁要是误会了，只好怪自作多情，一般英俊，可是元立不像他。

"庄小姐，我们借个地方说话。"

"关于什么？"

"庄杏友。"

"她怎么样？"

他知道我对他没有好感，却不以为忤，微笑说："请进车来，我请你喝杯咖啡。"

"我没有装扮，不方便出去。"

他诧异，"一个写作人何以如此拘谨。"

我答："写作也不等于随时赤足走天涯。"

"那么，我只得站在停车场里。"

我拉开车门上车。

"谢谢你的时间。"

他把我带到一间私人会所坐下，态度诚恳，"听说你在写一本关于我的小说。"

我看看他，"你不是主角。"

"我可以看一看原稿吗？"

"你是编辑或出版社吗？当然不行。"

"我可用出版社名义收购你的原稿。"

我立即答："这本小说版权早已售出。"

他沉默半晌，说："我想知道杏友的内心世界。"

"她的世界，与你有何相干？"

我的态度已经有点恶劣。

"我知道你不原谅我。"

我斥责他："你有什么借口，为什么用那样卑劣手段丢弃一个人？"

谁知他并没有再找借口，"我当时无力面对现实。"

"你是一名无耻之徒。"

他看看远处，"我却也抱憾终身。"

我忽然哈哈大笑起来，会所其他人客不禁转过头来看个究竟。

我不好意思的唯一原因是叫这些人突兀，连忙掩住嘴巴。

"我与庆芳的婚姻一直名存实亡。"

我说："那是你们的事。"

他却自顾自讲下去："三个人都不快乐……"

"你错了。"我忍不住指正他，"姑妈名成利就，裙下追逐者无数，她周游列国，享受生活，十分逍遥。"

"可是……"周星祥存疑，"她始终没有结婚。"

"见过你们这种买卖婚姻，谁还敢结婚。"

"不是买卖！"

"那么，也是便利婚姻，你经济不妥，她有大把妆奁，一拍即合，本来也无可厚非，但请勿自欺欺人，美化此事。"

"自修，开头见到你，真吓一跳，以为你就是杏友，两个人长得那么像，现在才知道，你同杏友完全不同。"

"当然不像，她愚蠢，而我精明，当中三十年过去了，女性吃了亏，总得学乖吧。"

"自修，你是我儿子的表姐，我是你的长辈，你对我太过无礼。"

我看看他，"对不起，我性格欠佳，我疾恶如仇。"

他低头不语，隔一会儿才说："男女分手，也属平常。"

"你可以做得好看一点。"

"杏友病情已十分严重。"

"我知道。"

"我想再见她一面。"

"你可以自己向她提出要求。"

"她已拒绝。"

"请接受事实。"

"或者，你可以做中间人。"

"对不起，我从来不做这种事。"

周星祥颓然靠在椅垫上，脸色灰败。

半晌他知无望，仍然客套地说："自修，谢谢你的时间。"

"不客气。"

"我送你。"

"不必，我自己会叫车。"

我站起来，预备离去，终于忍不住，转过头来。

"你为什么不求周元立？"

"他一口拒绝。"

"有否问过你自己，为什么忽然想再见庄杏友？"

他愣住。

我代他回答："因为你终于发觉，在你一生之中，只有她待你赤诚真挚，不过，如果她今日不是环球闻名，你也不会那么容易想起她，可是这样？"

我终于转身离去。

222

在街上，我吁出一口气。

回到家，将自己大力抛到沙发里。

随即发觉山口已经复了信。

"已即刻动身前来相见"。

我有点感动，无论是谁，总会有事在身，立刻丢下出门，并不容易。

这时有人敲门，是最著名的花店送来一大盆雪白的茶花，朵朵碗口大，卡片上署名是山口。

那送花使者随即又再上来一次，满脸笑容，"庄小姐，这也是你的。"

这次是一盆栀子花，香气扑鼻，叫人心酸，一个女子最好的岁月，也不过是这几年，之后就得收心养性，发奋做人，持家育儿，理想时间精力全部都得牺牲掉。

我把名片抽出来一看，上面亲笔写着表弟二字，不禁自心底笑出来。

可爱的周元立，他对我的感觉，像我对他一样吗？

电话铃响了，我用不能以理智解释的温和声调说："你好吗？"

对方愕然，只得含笑答："我很好，你呢？"

声音完全陌生，我不禁问："哪一位？"

"是庄小姐吧，我们并没有见过面，我的名字叫阿利罗夫。"

啊，都出现了。

"庄小姐？"

"是，我在这里。"

"我想与你见个面。"

"当然，我每天都有时间，请问你呢？"

"好一位爽快的小姐，听说是位作家。"

"见笑了。"

"作品有兴趣译为英语吗？"

我笑笑不出声，这是饵，方便他行事。

"英语市场比较大。"

"的确是，我在等伦敦的消息。"

"现代女性做事甚有部署，绝不含糊，对，明早上午十时我到府上接你。"

"一言为定。"

他知道我是谁，我也知道他是谁，不用详加介绍。

我收拾好后，坐在写字台前面，努力工作。

一经投入，思维倒也畅顺，一做就到深夜。

累了，伸个懒腰，发觉大腿已经麻痹，连忙起来走几个圈子。

这种职业，做到三十岁，已是半条人命。

我倒在床上，呼呼大睡。

第一线日光射进来，我惊醒，有约，需认真装扮。

立刻洗头沐浴并且取出见客服装。

日间见客人最适合的服装便是白上衣及蓝长裤。

当然，世上有一百种白上衣及一千种蓝长裤，挑好一点的牌子来穿自然不会错。

正把湿发往后梳，门铃响起来。

我赤足去开门。

门外站着阿利罗夫，小个子，黑皮肤，鹰鼻，比我想象中有威严，他那种样子的人，青年也似中年，不过，真正中年了，仍是中年。

"罗夫先生，久闻大名，如雷贯耳，我是庄自修。"

他的神情忽然有点呆滞，半晌，黯然说："骤眼看，真会误会你是庄杏友，原来姑侄可以这样相像。"

我不禁问："真的酷似？"

他点头，"尤其是脸上那一丝茫然。"

我笑，"我刚睡醒，所以有点手足无措，不常常这样。"

他端详我，"是，你调皮活泼得多。"

他四周围打量一会，自在地坐下。

"我做杯大大的黑咖啡给你。"

"一定是杏子告诉你我喝这个。"

"不错。"

"杏子有病。"

我难过得垂首，"是。"

他又说："你不高兴的时候像煞了她。"

"她一直落落寡合？"

他颔首，"我出尽百宝，未能使她开颜。"

"她现在心情不错。"

我对阿利罗夫比较客气，诚意与他对话。

当下他说："那是因为她已与孩子团聚。"

"罗夫先生,你找我何事?"

他环顾环境:"没想到用中文写作也可以维持这样高生活水准。"

"我比较幸运。"

阿利忽然问我:"你可怕穷?"

"怕,人一穷志即短,样子就丑。"

"我也怕,可是,你会不会因此出卖灵魂?"

我微笑:"绝不。"

"你们这一代重视真我。"

"罗夫先生,你约我见面,就是为着谈论灵魂与肉体?"

他终于讲出心中话:"自修,听说你在写杏子的故事?"

"是。"

"全部用真姓名?"

"不,会用佚名。"

"我可以看看原稿吗?"

"我只得一个比较详细的大纲,许多细节,还需添加。"

"如果你把原稿交出,我可以介绍英文出版商给你。"

我沉默。

他们都想得到原稿，为什么？

"你的著作如果全部译为英语，包装出售，可住到法属利维拉，与王子公主来往。"

我笑笑，"我也憧憬过这种豪华享乐生活，可是我得声明，故事里并无你营业秘密，也没有损害到你的人格。"

阿利隔一会儿才问："她如何看我？"

"她很尊重你。"

"她可有爱我？"他伸长了脖子。

我残酷地答："不。"

他颓然垂首，突现苍老之态。

"罗夫先生，你的婚姻愉快否？"

"尚可，我已经是外公了。"

"呵，令千金早婚。"

"由我一手促成，女子在社会打滚，无比心酸。"

"你说得对。"

"自修，请考虑我的建议。"

"拙作哪里有什么价值。"

他笑，"你的机智灵活，胜杏子百倍。"

228

“我把这当作褒奖。”

他当然也看到了客厅里的花，“善待你的追求者。”

他站起来告辞。

到了门口又再转过头来，“女子是否只有在危急时才会想到我这种男人？”

我有点难过，端详他一会儿，“谁说的，像你这般有财有势的男士在都会里一站，不知多少女子意乱神迷。”

他嗤一声笑出来，过一刻才说：“你的小说一定相当精彩。”

我点头，“许多读者都如是说。”

他伸手在我头顶扫几下，扰乱我的头发。

我松一口气，关上大门。

到了今天，他还想追究他在杏子心中地位，特地走这一趟。

真希望也有人那样爱我一辈子，不管是谁都可以。

心最静的时候，元立的电话来了。

我问：“你怎么知道我喜欢栀子花？”

“我有个朋友，看遍你的故事，对你的爱恶，了如指掌。”

我想起来，“元立，你的祖母尚健在否？”

"她已于去年辞世。"

"你姑妈周星芝呢？"

"她长居新加坡，与我们没有太多往来。"

"童年时可有想念母亲？"

"很遗憾，没有，我一直以为王女士是我妈妈。"

"她很喜欢你？"

"溺爱。"

"你真幸运。"

"我一早知道。"他笑。

"杏友姑妈今天如何？"

"我这就去看她。"

我叮嘱："你在她面前，多提着我，那么她想起来便会叫我喝茶。"

"我知道。"

"咦，有人按铃，我得去看看是谁。"

放下电话，去打开门，吓一跳，说不出话来。

我知道他是谁，他也知道我是谁，互相凝视半晌，在同一时间伸出手来紧紧握住。

"山口。"

"庄。"

他约三十来岁，高大强壮，身材不像东洋人，头发染成棕黄色，十分时髦地穿着爬山装束，说不上英俊，可是充满自信，有男子气概。

我先问："见了面，有无失望？"

"你漂亮极了，超乎我想象，对，你对我感觉如何？"

"请进来说话。"

他双手拖着一个大行李箱入屋，四周围打量过，大声道："哇，没想到你这么富有。"

"哪里哪里。"

他诉苦："所以对我们不理不睬。"

"你订了哪间酒店？"

他自己到厨房找饮料，"中文写作酬劳可以提供这样妥善的生活吗？"

"喂，你住哪儿？"

他喝一口矿泉水，"咦，你叫我来，当然是住你家。"

我啼笑皆非，瞪住他。

"你给我的照片，那不是你，你欺骗我。"

我摊摊手，"照片中的人比我标致。"

"不，你好看得多。"

"山口，我家极多人进出，你不会喜欢。"

"我才不理你有多少男朋友，我们是手足。"

"我没说过我有男友。"

他忽然问："那些小说，都是你写的吗？"

"怎么样？"

"你不像愿意苦苦笔耕的女子。"

"这是褒是贬？"

他在客房张望一下，捧出行李，往床上一躺，"唔，舒服。"

"你此行目的如何？"

"一定要不遗余力捧红你。"

我讪笑。

我把脸趋到他面前，"我自信才华盖世无须死捧。"

他枕着双臂看看我，"要不是好小说难找，我早已爱上你。"

"你文如其人。"

"很少碰见像你那么有性格的女子。"

"你在此住上三天便知我披头散发天天死写，毫无心性。"

他意外，"你的意思是，我可以住在此处？"

"咦，这不是你的意愿吗？"

"我已经订了酒店。"

"唏，你究竟是以进为退，抑或以退为进？"

他懊恼，"又输了一着。"

我笑，"没有人同你斗。"

"没想到你坦荡荡，如斯大方。"

"你应当为你这小人之心羞愧。"

"这样好了，我白天住你处，晚上回酒店。"

"我们先谈正经事，譬如，出版合约。"

"先带我出去跳舞。"

"我从来不与染金发的男子上街。"

再说，男性的头发怎么会变成今日这样，老实的平顶头与斯文的西式头到什么地方去了。

谁知他回答："我也许久没有约会黑发女子。"

我看看他笑，"只追金发女郎？"

他连忙解释："如今东方女都嫌黑色沉闷，添些别的颜色。"并非外国人。

"关于合约——"

"好，一本一本签使我们觉得不大自在，请你把全体作品授权给我吧。"

我摇头，这等于卖身，这些年来，我已变成谈判专家，怎么肯做这样吃亏的事。

"得到全部版权，才能放心捧你。"

这话我已听过多次，街外亦有不少人扬言某某同某某都是由他捧红，他将来，还要捧谁与谁。

我微笑。

山口是客人，又是老板，我需对他维持基本礼貌。

"你不相信？"

"贵出版社规模不算大，志气却很高。"

"我做给你看。"

"别赌气，无论什么事，做给你自己看已经足够，千万别到街上乱拉观众。"

山口看看我，"你的作品也充满这种论调，如此懂事，

234

令人戚戚然。”

我也调侃他，“你的英语说得很好，不枉染了黄发。”

“在我国，女子无论如何不会用这种口气跟男性说话。”

我笑，“是吗？恕我孤陋寡闻。”

“我是这点犯贱，你深深吸引了我。”

“哗，不敢当。”

这时电话铃响，噫，打断了这样有趣的调笑。

“自修，我是元立，母亲想见你。”

“我马上来。”

“自修，我们在圣心医院。”

我立刻警惕，“她怎么样了？”

“你来了再说。”

我转头同山口说：“我有事出去。”

“有人生病？”

他还听得懂中文。

“正是。”

“我陪你。”

“山口，你在这里休息好了。”

他把自己的手提电话交到我手中，"我在这里也有朋友，有事说不定可以帮忙。"

我赶出门去，把他丢在屋内。

元立在医院门口等我，"跟我来。"

我随他走上三楼，平时也有足够运动，可是今日仍然气喘。

他的手紧紧握住我的手，他说："是上帝派你来帮我渡过这个难关的吧。"

杏友姑妈在房内等我们。

她端坐在椅子上，并无显著病容，但一双眼睛已失去神采。

"自修，请过来。"

我蹲到她面前。

她轻轻说："这是我最后一次见你。"

我大惊，"什么？"

"接着一段日子，我的样子势必十分可怕，我不想叫你们吃惊，留下不良印象。"

"姑妈，谁会计较那个。"

她微笑，"我。"

我顿足。

她改变话题，"故事写得怎样？"

"进行相当顺利。"

姑妈点点头，"你会安排一个合理的结局吗？"

"我会挣扎着努力完成。"

"口气像东洋人。"

我握住她的手。

"自修，你对杏子坞的生意可有兴趣？"

我据实说："我只爱写作，对其他事视作苦差。"心中
不禁生了歉意。

"能够找到终身喜欢的工作，十分幸运。"

我点点头。

"那么，杏子坞只好交给下属打理了。"

"姑妈，病可以慢慢医。"

她吁出一口气，"自修，替我照顾元立。"

"元立已经长大，十分独立。"

她靠在椅垫上，"我常常梦见他，小小婴儿，站在我面

前，看着我笑，总是赤着小脚。"

我心酸，"那不是他，他一直获得最好的照顾。"

姑妈别过了脸，低声说："一直以为时间可以医治一切创伤，对我来说，岁月却更加突出伤痕。"

我不知道说什么才好。

"自修，你可信海枯石烂？"

我苦笑，摇头，"永不。"

"那么，你相信什么？"

"我相信快乐时光，享受过也不枉一生。"

未料到姑妈深深受到震荡，"啊。"她说，"自修，我愿跟你学习。"

千万别奢望良辰美景可持续一生一世，这是根本没有可能发生的事，一定会得失望。

看护进来了。

我抬头，"我们还想多说一会儿。"

看护微笑，"难得你同长辈有说不尽的话。"

我说："长辈？不是，我觉得像姐妹。"

"自修，你何等强壮。"

"有时也在半夜烦得哭起来，不过，知道所有问题都得靠自己双手解决。"

"不觉累？"

"休息过后再来，至于心灵，靠一口真气撑着。"

"多好。"

"我改天再来。"

"我或许会回美国休养。"

"在哪一州？总来得到，难不倒我。"

"圣塔蒙尼加或圣塔菲吧。"

"你一唤我就出现。"

"自修，难得你我投缘。"

看护再三示意，我退下。

元立迎上来，黯然不语。

我轻轻说："她那颗破碎的心始终未愈。"

元立点点头。

"她已不大记得伤害她的是什么人，也不想复仇，但那伤痕长存。"

"她有无告诉你那赤足幼婴的梦？"

"她苦苦思忆你。"

"可是我在屋内也穿着鞋子，我从未试过鞋脱袜甩。"

"那是噩梦，不必细究。"

"可怜的母亲。"

"这段日子，好好陪伴她，补偿以往失落。"

"我将追随她到天涯海角，自修，你呢？"

"我？"我需要工作，我有心无力。

"是，你，跟我一起，我们找一间小白屋，住在母亲旁边，不用陪伴她的时候，一起学西班牙文。"

我笑了。对他来说，要做就做，再简单没有。

"自修，写作在哪里不一样呢，说不定有更多新题材。"

我坦白地说："我只能负担一个家，我不能卖掉房子四处游荡。"

"我怎会要求你那样做，我可以负担你的生活。"

"呀……"我摇摇食指，"那是今日女性再也不能犯的错误，我不会接受你的馈赠，杏友姑妈为了区区一笔生活费，失去她一生至宝贵的自尊。"

元立愕然，从前，大抵没有人拒绝过他。

我温和地说："姑妈若叫我，我会立刻过来。"

"这是性格？"

"不，这叫志气。"我把脸伸到他眼前，笑嘻嘻地说，"可是很新鲜，从来没见过？"

他涨红面孔，不出声。

有种女孩，没有正职，专门伴人到处闲逛，全世界旅游，周元立应该很熟悉这类女子。

我，我已习惯自己觅食，飞得高且远，有时伤心劳累，却是自由的灵魂。

走到医院大门口，有人迎上来。

我意外，"山口，你怎么知道我在这里？"

他没有回答，全副注意力放在周元立身上，两人互相打量对方，我帮他们介绍，他们却没有握手的意思。

我不会笨到建议三人一起吃顿饭。

元立说："我需与医生详谈，自修，我们再联络。"

我与山口离去。

在车上，他自言自语："富家子，骄傲、懒惰与现实脱节。"

我看他一眼，"你怎么知道？"

　　"有生活经验的我，看一眼就分辨得出这种长发是什么样的人。"

　　我笑笑问："你呢，你又是怎么样的一个人，在阴沟长大，咬紧牙关，一步步往上爬？"

　　"差不多，有机会我慢慢同你说。"

　　"无疑你比他成熟，过五关，斩六将，难不倒你。"

　　山口答："他的路却是铺好了等他走。"

　　"元立有他的荆棘。"

　　"你在人前，会如此偏帮我吗？"

　　"你又不是我表弟。"

　　"我猜到你会这样。"

　　"山口，我送你回酒店。"

　　"我只能留三天，东京有事等着我。"

　　"我通宵修改合约给你。"

　　"别叫我空手回去。"

　　"放心。"

　　一到家电话就响了。

　　元立开门见山地问："你一个人？"

"不错。"

"我祖父说：中国人从来不与日本人做朋友。"

"许多老一辈的中国人都那样说。"

"日本人做得到的，周氏也做得到。"

我愣住，这句话好不熟悉，啊对，杏友姑妈听他们周家讲过：凡犹太人做得到的事，周氏也有能耐。

啊，历史重演。

"自修，你若想著作译为八国文字，由最高贵的出版社发行，再大肆做世界性宣传，我帮你，何必同猥琐的染金发的东洋人打交道。"

我要隔一会才能对他说："元立，自费不能反映市场需要，写作纯为酬答读者，没有读者，那么辛苦干什么。"

"有捷径为何不走?"

"没有满足感，缺乏挑战性，元立，我野性难驯，不是你可以了解的。"

"我的确不明白。"

"不要紧，我们仍是好友。"

"你有一日累了的话，请记得我处可以歇脚。"

"我不会忘记。"

"小心日本人。"

我忍不住笑了。

自费多简单，自说自话，自作主张，找来翻译，译成十二国文字，每种印五百本，开记者招待会，派赠好友知己敌人，书上没有定价，书局不见公开发售，这是干什么？

没有读者，一本小说同私人日记有何分别，在外国出书唯一的目标是争取更多读者。

周元立完全不明白这一点。

晚上，我在孤灯下修改合约，说是修改，其实几乎是完全改动。

山口的电话来了。

"自修，你不是说要到荒山野岭去构思作品吗？我知道加拿大北部有个地方叫白马镇，几乎人迹不到。"

"总有一天，我会置一间原木乡村屋，住在那儿不问世事。"

"我可以来探你吗？"

"欢迎之至。"

"合同做好没有？"

244

"明早交给你。"

我睡得不好，梦中看见一个赤足幼儿走来走去，他有点脏，穿得十分臃肿，像是冬天家中没有暖气的贫童，光着的小小脚丫已经长满了厚茧。

"你是谁？"我轻轻问他。

小孩还不够一岁，不懂言语，只是笑嘻嘻。

我醒了。

有人一早在门外按铃。

我披上浴袍去开门，山口站在门外。

他的头发已剪成平头，而且染回黑色，看上去正气沉着，居然有三分似华裔。

他摸摸头顶，"怎么样，还顺眼否？"

绝对是大牺牲。

"至少赢了那长发一招。"

"平白无故讨厌人家干什么？"

"我一向看不起这种靠家势受抬捧五谷不分的人物。"

"这是合约，你带回去研究吧。"

"跟我一起回东京去。"

我摇头，"我并非东洋迷，对于你们的流行曲电视剧一无所知，我只晓得《源氏物语》是世上第一部小说，还有珍珠港事件引起原爆。"

山口不服帖，"你故意抗拒。"

"说也奇怪，我甚至不是特别喜欢日本食品。"

"你想标新立异。"

"不不不，我也有欣赏日本人的地方，至少你们的前辈不会动辄对今日的流行小说嗤之以鼻，噫，根本写不过芥川龙之介，咦，比不上川端康成，你们各有各做，各有各抄，十分平和。"

"谁说的，每个月均有八百本新书面世，打个头破血流。"

"回去为我努力推广，时机到时我会来看你。"

他忽然醒悟，"这叫什么，啊对，呼之即来，挥之即去。"

我却说："这次我见到你，你也认识我，不要小气得斤斤计较。"

"奇怪，自修，你好似对男性完全没有尊重。"

我反问："尊重一个人因为他的性别而不是他的人格，为什么？"

"你是我见过最嚣张的女子。"

我的自信,在他眼中,自然化作跋扈。

我学着日本女人打躬作揖,"嗨,嗨,多谢指教,请多加提拔。"

他啼笑皆非地看着我,"这样野性不驯,却不是没有文化,奇哉。"

"你想要听话崇日的写作人,我可以立刻给你推荐十个八个。"

"都是美女吗?"

"美男也有。"

他举起双手,"我投降,说不过你的一张嘴。"

我看看他,"险胜。"

"庄自修,不知多少华文作者把作品自费译为日文大纲到处联络东京出版社。"

我微笑,"其志可嘉。"

"你这个人胸无大志。"

我拍手,"至少我不会志大才疏。"

在顶尖商业社会长大的我,一早已了解到劳资双方不过互惠互利，谁也无须爱上谁，有利可图，关系一定固若金汤，无谓自作多情。

我送走了山口，在飞机场，他仍感踟蹰，"我的投资是否正确呢？"

我告诉他："书本销量很快会给你正确答案。"

"你说得对。"

忽然之间一大堆游客涌至，人潮冲散了我与山口。

我推开身前身后的人四处张望，偏偏不见了他。

我还没有说再见呢，一急，不由得喊起来："明，明。"

身边有人轻轻答："在这里。"

我松口气，态度又强硬起来，"山口，你躲到什么地方去了？"

他静默一会儿，"已经爱上你的我避无可避。"

他握着我的手，我们坐在长凳上直至最后一分钟，再也没有讲话，也没有松手。

时间到了，他吻我的头顶，"再见，怪兽。"

我朝他摆摆手，他依依不舍离去。

好的出版社到什么地方去找，男朋友，要多少有多少。

可是，也并非每个人都谈得来，我们简直有说不完的话题，即使到了极地，一茶或一酒在手都可以快乐地消磨经年时光。

讨厌把工作与感情混在一起的我知道必须要做出抉择。

隔了一日，又回到飞机场去。

元立亲自来接我。

一上车，我意外："姑妈呢？"

"已经出发了。"

我失望，"她说要见我？"

"没有，她已经与你道别。"

"那么，我纯是送你。"

元立笑一笑，"几时来与我母子团聚？"

"一放假就来。"

"你工作自由，何需告假。"

我看看他，"你真是个小孩子。"

他也看看我，"所以不晓得下台，不识趣地拆穿你的借口。"

"我需要时间考虑清楚。"

"你已经工作超过十年，其中酸甜苦辣，颇知一二，听说有时稿件交出后半年尚未收到酬劳，追讨之余还被编辑部嘲弄看得钱字太重？"

他倒是四处去打听过了。

我缄默。

"到我这里来，我可叫你扬眉吐气，国际闻名。"

"那其实并非我最想要的事。"

"你最渴望的是什么？"

"我最最最想要的是男欢女爱，快乐人生。"

元立微笑，"这么坦白。"

我送他到票务部，还来得及看到姑妈付运的整套行李。

管家走过来，"庄小姐，这是给你的。"

小小一个丝质包里，触手十分轻软，打开一看，不禁哎呀一声。

这正是那件小小的野山羊毛围巾制成的背心，杏友姑妈穿着它不知熬过多少月夕共花朝，今日，她交了给我。

背心光洁如新。

我连忙穿上它，丝巾则轻轻系在腰间。

管家笑说:"庄小姐有空来看我们。"

"一定会。"

时间到了。

我与元立紧紧拥抱。

一个人回家途中觉得无限寂寥,独身生涯不好过,一切守秘,得意与失意事均不宜张扬,一说出来,都惹人耻笑,所以最终都很快结婚了。

回去看到山口的口讯:"一转背已经想念你。"

我靠在墙上,轻轻抚摸杏友姑妈送的背心,如果它会说话,不知可以告诉我多少事。

我一定会好好保存它,一代一代传下去。

给谁呢,思明或思健的女儿?忽然又不觉得一大班亲戚讨厌了。

天天这样写写写,必定有一日会觉得烦腻的吧,平时花费巨,无退休金,老大后怎么办呢?

耳畔忽然听得一阵隐约的音乐声。

我走到露台去看个究竟,只见对邻的阳台上有少男少女正在跳舞,栏杆上放着一只小小收音机,刚好播放音乐呢。

他俩约十五六的年纪，可能趁家长外出偷偷约会，小脸贴小脸在跳慢舞。

两张浓眉大眼的脸同样秀美，嘴唇都是粉红色，轻轻接触，我微笑躲在一角偷窥。

忽然音乐转了，有人轻轻唱："你是我生存的因由，我所拥有都愿意奉献，只为求你爱慕，直至河水逆流而上，年轻世界不再梦想，直至彼时我深爱你……"

我的微笑转为悲凉。

我已经过了恋爱季节，不再相信山盟海誓，海枯石烂，我此刻所想，不外是这两个我喜欢又喜欢我的男生之中，谁对我将来的生活更有益处。啊，现实已将我逼成一个经济学家。

我深深羞惭。

我轻轻离开露台，回到书桌前面，动笔写爱情小说。

多么讽刺。

我有无告诉过你，终其一生在嫣红紫花丛中穿梭的蝴蝶，原属色盲？

图书在版编目（CIP）数据

直至海枯石烂 / （加）亦舒著 . —长沙：湖南文艺出版社，2018.4
ISBN 978-7-5404-8520-7

Ⅰ . ①直… Ⅱ . ①亦… Ⅲ . ①长篇小说—加拿大—现代 Ⅳ . ① I711.45

中国版本图书馆 CIP 数据核字（2018）第 017366 号

上架建议：畅销·小说

ZHIZHI HAIKU-SHILAN
直至海枯石烂

作　者：[加]亦舒
出版人：曾赛丰
责任编辑：薛 健 刘诗哲
监　制：毛闽峰 赵 萌 李 娜 刘 霁
策划编辑：李 颖 张丛丛 杨 袆 雷清清
文案编辑：孙 鹤
营销编辑：杨 帆 周怡文 刘 珣
封面设计：张丽娜
版式设计：李 洁
出版发行：湖南文艺出版社
　　　　　（长沙市雨花区东二环一段 508 号 邮编：410014）
网　址：www.hnwy.net
印　刷：北京旭丰源印刷技术有限公司
经　销：新华书店
开　本：775mm × 1120mm 1/32
字　数：143 千字
印　张：8
版　次：2018 年 4 月第 1 版
印　次：2018 年 4 月第 1 次印刷
书　号：ISBN 978-7-5404-8520-7
定　价：42.00 元

若有质量问题，请致电质量监督电话：010-59096394
团购电话：010-59320018